suhrkamp taschenbuch 4270

Was passiert, wenn sich ein fünfjähriger Junge in seine amerikanische Tante verliebt? Ganz bestimmt führt die kindliche Schwärmerei nicht zu einem klassischen »Honeymoon« (*Honigmond*). Und wenn die Puppen in einem englischen Puppenhaus plötzlich zum Leben erwachen und dieses Leben für deren Besitzerin recht erstrebenswert scheint, dann geht es nicht ohne Komplikationen in der Puppenwelt ab (*Das englische Puppenhaus*). Bei einem Klassenausflug ins Naturkundemuseum wird Elinor der Blick durch ein Fernglas zum Verhängnis. Was hat sie gesehen? Warum hat sie ihre Kleider vor dem Fernrohr abgelegt? Und wo ist sie jetzt? (*Der Museumsbesuch*).

»Es gibt ein Loch in der Wirklichkeit«, sagt Marie Hermanson. Durch dieses Loch entschlüpfen ihre Protagonisten in eine andere, eine phantastische Welt, eine Welt, in der Träume wahr werden, in der es sich oft angenehmer lebt als in der wirklichen.

Marie Hermanson, geboren 1954. Zuletzt erschienen die Romane *Der Mann unter der Treppe* (st 3875), *Das unbeschriebene Blatt* (st 3626), *Saubere Verhältnisse* (st 3957) und *Muschelstrand* (st 3390).

Marie Hermanson

Das englische Puppenhaus

Erzählungen

Suhrkamp

Umschlagfoto: Liesa Siegelman

suhrkamp taschenbuch 4270
Originalausgabe
Erste Auflage 2011

Quellennachweise und Übersetzerhinweise am Schluß des Bandes

Satz: Hümmer GmbH, Waldbüttelbrunn
Druck: CPI – Ebner & Spiegel, Ulm
Printed in Germany
Umschlag: Göllner, Michels, Zegarzewski
ISBN 978-3-518-46270-6

1 2 3 4 5 6 – 16 15 14 13 12 11

Das englische Puppenhaus

Der Museumsbesuch

Eigentlich wollte Elinor an diesem Tag gar nicht ins Naturkundemuseum mitkommen. Ihr war nicht gut. Doch der Lehrer überredete sie und hielt sie auf dem ganzen Weg an der Hand.

Ich dagegen hatte, schon tagelang bevor wir dorthin gingen, vom Naturkundemuseum phantasiert. Unser Lehrer hatte extra betont, daß wir nicht ins neue Museum gehen würden, wo viele von uns sicherlich schon gewesen seien, sondern in das alte.

Jetzt standen wir in zwei Reihen draußen auf der Straße, in der einen Reihe die Mädchen und in der anderen wir Jungen. Der Lehrer stand auf der Treppe zum Museum und sprach zu uns, während wir darauf warteten, daß das Museum geöffnet würde.

»Wißt ihr«, sagte er, »das Museum ist für die Allgemeinheit eigentlich nicht mehr geöffnet. Es wurde geschlossen, als man das neue Naturkundemuseum einweihte. Es gibt hier aber immer noch interessante Sammlungen, die man beim Umzug in die neuen Gebäude nicht mitnehmen wollte. Es sind etliche ältere Exemplare, manche in ziemlich schlechtem Zustand.«

Wir waren ungeduldig. Es war Oktober und kühl, und mehrere von uns Jungen hatten nach wie vor kurze Hosen an und bekamen eine Gänsehaut zwischen dem Hosensaum und den Wollstrümpfen. Normalerweise spürten wir keine Kälte, weil wir ständig in Bewegung waren. Einige rangelten ein bißchen herum, um warm zu bleiben, der Lehrer nahm jedoch keine Notiz davon.

»Ich gehöre zu den Freunden des alten Museums«, fuhr er fort, »und ich werde eingelassen, weil ich den Wärter kenne. Ich habe mit ihm verabredet, daß wir um vier Uhr hier sind.«

Genau in diesem Moment hörten wir die Uhr eines nahe gelegenen Kirchturms viermal schlagen, und alle Blicke wandten sich dem Eingang zu, über dem die Inschrift »Naturkundemuseum« fast völlig verwittert war.

Aber niemand öffnete. Der Lehrer, der sehr auf Pünktlichkeit bedacht war, klopfte an die Tür. Zuerst diskret, dann kräftiger. Als sich nichts tat, betätigte er die Klinke, und es stellte sich heraus, daß offen war. Er gab uns ein Zeichen, ihm zu folgen, die Mädchen zuerst, und wir stiegen die Treppe hinauf.

Wir kamen in ein Vestibül mit Marmorsäulen und ausgetretenem Steinfußboden. An einer Theke saß ein Wärter und schlief. Er trug eine Uniform, in der er eher einem General als einem Museumswärter glich. Der Lehrer räusperte sich, und ein paar Mädchen begannen zu kichern. Der Wärter rückte seine Schirmmütze zurecht, und mit einer Geste, als wäre er noch nicht ganz wach, gab er uns zu verstehen, daß wir eintreten könnten.

Lassen Sie mich zunächst ein paar Worte über unseren Lehrer sagen: Er war ein alter Mann, weißhaarig und mager. Er trug einen verschlissenen Anzug, vergilbte Hemden und eine Fliege. Er hatte ein sehr freundliches Gesicht, und wenn wir in der Schule den Segen sprachen und an die Stelle kamen: »Der Herr lasse sein Angesicht leuchten über uns«, dann dachte ich an das Gesicht des Lehrers. Mild leuchteten seine nußbraunen Augen durch das runde Metallgestell seiner Brille hindurch über uns. Er war uns sehr wohlgesinnt. Manche sagten, er sei ein schlechter Lehrer, andere wiederum, er sei ein wenig verrückt. Möglicherweise waren beide Behauptungen richtig. Doch für uns, seine Schülerinnen und Schüler, die wir damals zehn Jahre alt waren, war das belanglos. Wir kamen gut ohne die Pädagogik aus, wie sie seinerzeit an den Schulen praktiziert wurde. Die Verrücktheit äußerte sich bei unserem Lehrer vor allem in einer gut entwickelten Phantasie, in Einfühlungsvermögen und hin und wieder in einem träumerischen Versinken in eigene Gedanken. Darin sahen wir nichts Ungesundes, im Gegenteil. Wir fanden, daß er uns in vieler Hinsicht näherstand als andere Erwachsene.

»Ihr könnt eure Rucksäcke hier abstellen, behaltet aber eure Mäntel an. Hier ist nicht geheizt. Nehmt ruhig ein Heft und einen Stift mit, falls ihr euch etwas notieren oder etwas abzeichnen wollt«, sagte der Lehrer.

Unser Lehrer wußte, wie zwecklos es war, mit der ganzen Klasse vor einem Objekt zu stehen und zu reden, während alle darauf brannten, zu etwas ganz anderem zu rennen, was sie im Augenwinkel sahen. Deshalb schlug er vor, wir sollten dorthin gehen, wohin wir wollten.

»Wenn ihr Fragen habt, will ich gern versuchen zu antworten. Es gibt jedoch vieles auf der Welt, worüber ich nichts weiß. Das Leben ist so unendlich reich. Verirrt euch nur nicht. Das Museum ist größer, als ihr denkt.«

Als wir im Vestibül standen, begann jemand derart zu husten, daß es zwischen den Steinwänden hallte. Es war Elinor, ein zartes Mädchen mit hoher Stirn und langem, elektrisch geladenem Haar. Meine Mutter meinte, sie werde als Erwachsene schön sein. Falls sie jemals erwachsen werde.

Die Mutter des Mädchens war Schneiderin gewesen und vor kurzem an Lungenschwindsucht gestorben, und Elinor lebte jetzt bei der Inhaberin der Schneiderwerkstatt, wo die Mutter gearbeitet hatte. Jemand hatte mir erzählt, die Frau habe sich Elinors in dem Glauben angenommen, diese Mühe werde nur von kurzer Dauer sein. Es wurde erwartet, daß Elinor ihrer Mutter bald folgte, und ihr Husten war so störend, daß sie manchmal mitten im Unterricht das Klassenzimmer verlassen und auf den Korridor hinausgehen mußte. Ich glaube, die Krankheit als solche war ihr eine geringere Qual als die Aufmerksamkeit, die sie mit ihrem Husten erregte. Oft versuchte sie, ihn zu unterdrücken, mit der Folge, daß sie Atemnot bekam. Wir saßen meist kerzengerade in den Bänken und hörten sie draußen vor der geschlossenen Tür belfern und keuchen. Der Lehrer tat so, als bemerkte er es nicht. Wenn Elinor wieder hereinkam, war sie jedesmal rot im Gesicht und hatte Schweißperlen auf der Stirn. Sie schlich dann für gewöhnlich durch den Klassenraum und setzte sich lautlos auf ihren Platz.

Der Lehrer war sehr darauf bedacht, daß Elinor das

Naturkundemuseum zu sehen bekam. Jetzt, da wir endlich drin waren, schien er sie vergessen zu haben und nicht einmal das fürchterliche Husten zu hören, das uns andere erschauern ließ. Ein paar Jungen waren bereits ins Innere des Museums verschwunden. Wir anderen folgten in den ersten Ausstellungssaal nach.

»Seht euch nur um, Kinder«, sagte der Lehrer zu denen, die ihm am nächsten standen. »Aber haltet die Finger im Zaum. Berührt nichts. Besonders nicht die Tiere ein Stockwerk tiefer. Schaut euch die Variationen des Lebens ganz genau an, seine erstaunlichen Formen, seine seltsamen ...«

Seine Stimme verebbte zu einem Gemurmel, und er blieb hingerissen vor einem Regal stehen.

»So oft bin ich nun schon hier gewesen, und jedesmal ist es wieder phantastisch«, hörte ich ihn zu sich selbst sagen, und er schüttelte langsam den Kopf. »Jedesmal wieder phantastisch.«

Der Saal, in dem wir uns befanden, hatte weißgekalkte Wände und einen Fliesenboden. Freistehende, grünspanfarben gestrichene Metallregale waren in dichten Reihen aufgestellt. In diesen Regalen standen staubige numerierte Gläser unterschiedlicher Größe. Einige waren nur gewöhnliche Marmeladen- oder Einmachgläser. Die gelbe Flüssigkeit, von der ich annahm, daß es sich um Spiritus handelte, war in mehreren Gläsern zur Hälfte verdunstet und hatte in deren oberem Teil ringsum Ränder und Ablagerungen hinterlassen. Der Inhalt aber war gut erhalten.

Ich ging langsam durch die Regalreihen und betrachtete verwundert die Geschöpfe, die hinter Glas verewigt waren. Es handelte sich hier offenbar um die Abteilung für die sogenannten niederen Lebewesen. Hier gab es Schnecken, Mollusken, Spinnen und Skorpione, Frösche mit weißen, aufgequollenen Bäuchen und geschlossenen Augen, die eingekerbten Kugeln glichen. Hinter der Beschriftung »Cumi cumi« befand sich etwas, was vielleicht ein fest zusammengepreßter Tintenfisch in einem viel zu engen Glas war. Die Etiketten waren mit handgeschriebenen kleinen, säuberlichen Druckbuchstaben beschriftet.

Durch die kleinen Fenster an der Decke fiel spärlich trübes Oktoberlicht in den Saal. Ich und der Lehrer waren jetzt allein. Meine Klassenkameraden waren in die anderen Säle des Museums verschwunden, und ich hörte ihre Begeisterungsrufe und schnelles Stiefelgetrampel.

Mein Blick wanderte an den Seltsamkeiten entlang: Fledermäuse, an gespreizten Flügeln aufgespießt und spröd wie welkes Laub. Ein Seepferdchen in einem Reagenzglas, das mit schmutziger Watte zugepfropft und mit der Beschriftung »Hippocampus kuda« versehen war. Der abgeschlagene, platte Kopf einer Kobra. Um den prachtvollen Atlasfalter gruppierte Schmetterlinge, deren ursprüngliche Farbe nur zu erahnen war. Ich blieb bei einem Glasbehälter mit der Aufschrift »Muntiacus muntjak« stehen und stellte mich auf die Zehen, um seinen Inhalt besser sehen zu können. War das der Fötus eines Kalbes? Das kleine Geschöpf hatte eine braunlila Greisenhaut, schmale Augenschlitze, einen dünnen

Schwanz und halboffene Lippen, die nach einer Zitze zu suchen schienen.

Ich spürte die Hand des Lehrers auf meiner Schulter. Unsere Blicke begegneten sich, und er lächelte still.

»Ich wußte, daß dich das Naturkundemuseum interessieren würde«, sagte er. »Und du hast recht, wenn du zuerst diese Abteilung studierst, bevor du weitergehst. Komm, ich zeige dir etwas.«

Die Hand weiterhin auf meiner Schulter, führte er mich zu einem Regal mit Eidechsen. In einem Glas befand sich eine Echse mit einem extrem langen, peitschenartigen Schwanz. Sie war mit dem Rücken auf eine Platte genietet. Ihr Bauch war geöffnet, die Haut wie zwei Portale aufgeschlagen, und das pistaziengrüne Gedärm lag bloß. Ihre langen Krallen waren wie zu einem rituellen Tanz gespreizt, die blauen Augäpfel mit einem Häutchen überzogen, wodurch sie wie Rauschbeeren aussahen, und der Mund lächelte. Ja, er lächelte tatsächlich, und es war ein unangenehmes Lächeln.

Mir war nicht klar, warum der Lehrer mir diese Echse zeigen wollte. Ich war drauf und dran weiterzugehen, als der Lehrer leicht an das Glas klopfte. Das Klopfen pflanzte sich als eine kaum merkliche Wellenbewegung in der gelben Flüssigkeit fort. Und plötzlich schlug die Echse mit ihrem langen Schwanz! Ein heftiger, blitzschneller Peitschenhieb von einer Seite des Glases zur anderen. Mein Blick konnte ihm nur mit knapper Not folgen, und ich wollte nicht glauben, was ich gesehen hatte.

»Ist sie nicht tot?« flüsterte ich erschrocken.

Der Lehrer war jedoch schon auf dem Weg aus der Abteilung für niedere Lebewesen, und ich eilte ihm nach. Bevor ich ging, warf ich noch einen letzten Blick auf die Echse mit dem geöffneten Bauch, und mir war, als lächelte sie noch mehr.

»Ich muß nach den anderen Jungen und Mädchen sehen. Sie sind so lebhaft und machen mir ein wenig Sorge«, sagte der Lehrer.

Wir kamen in einen großen Saal mit hoher Decke. Dort war es schummrig, beinahe dunkel, denn es gab keine Fenster. Ganz oben verliefen an den Längsseiten und an einer Schmalseite Galerien, die von Säulen getragen wurden. An mehreren Stellen führten Treppen hinauf. In diesem Saal standen Vitrinen mit ausgestopften Tieren. Die Vitrinen waren in Reihen aufgestellt, so daß sie Wände von Gängen bildeten.

In jeder Vitrine gab es Lampen, die das ausgestopfte Tier beleuchteten. Neben der Vitrine befand sich eine mit brauner Tinte in zierlicher Handschrift beschriebene Scheibe, die von einer kleinen Lampe, wie man sie über den Noten auf einem Klavier oder über einem Gemälde findet, beschienen wurde. Das war die einzige Beleuchtung in diesem Raum. Ansonsten war es dunkel.

Meine Mitschüler, die lebhafter waren als ich, rannten zwischen den Vitrinen umher, in die Säulengänge hinein und die Treppen zu den Galerien hinauf. Der Lehrer versuchte, sich streng zu geben, und schimpfte ängstlich ein paar Jungen aus. Dann trat er in einen der Säulengänge, und ich sah, wie er ganz hinten an einem Regal mit alten, in Leder gebundenen Büchern stehenblieb. Er nahm einen Band herunter und schlenderte langsam zurück, das Buch aufgeschlagen vor sich. Er hielt bei zwei Mädchen an, die eine Vitrine mit einer Fuchsfamilie vor ihrem Bau betrachteten, und las ihnen aus dem Buch etwas über das Leben der Füchse vor. Die Mädchen kicherten und aßen irgend etwas aus einer Tüte. Dann rannten sie in die Dunkelheit davon, und der Lehrer blieb allein zurück und schlug, während er den Mädchen lächelnd nachsah, das Buch zu.

Ich stellte mich neben ihn und wünschte mir, der Lehrer würde auch mir etwas vorlesen.

»Ich frage mich, wo die kleine Elinor steckt«, sagte er nur und ging.

Ich wanderte durch das Labyrinth der Vitrinen. Die Tiere waren stümperhaft ausgestopft, hatten deutlich sichtbare Stiche und Anzeichen von Mottenfraß. Trotzdem wirkten sie fast lebendig. Mir fiel die Echse mit dem Peitschenschwanz ein, und ich überlegte, ob ich vielleicht vorsichtig an das Glas der Vitrinen klopfen solle. Doch ich unterließ es.

Statt dessen betrachtete ich lange jedes Tier und entdeckte, daß die Tiere in Wirklichkeit nicht ganz stillstanden. Sie konnten zum Beispiel die Ohren spitzen oder eine Pfote oder einen Huf um ein paar Zentimeter verrücken. Die Bewegung war so geringfügig, daß man sie mehr ahnte als sah, und ich war mir auch nicht ganz sicher.

Im Schummerlicht oben auf den Galerien konnte ich vage erkennen, wie sich einige meiner Mitschüler um etwas drängten. Ich ging zu einer der Treppen, um zu ihnen hinaufzusteigen.

Doch als ich den Fuß der Treppe erreicht hatte, entdeckte ich einen schwachen grünlichen Schein, der von irgendwoher aus dem Säulengang an der Schmalseite des Saales drang. Ich trat unter die Galerie und fand eine offene Tür, von der aus eine Treppe nach unten führte. Ich stellte mich in die Türöffnung und schaute vorsichtig hinunter. Da sah ich, woher das grüne Licht kam. In eine Wand der Treppe war ein großes Aquarium eingelassen. Es war von innen erleuchtet, und die Wasserpflanzen und das Wasser färbten das Licht grün.

Mitten auf der Treppe vor dem Aquarium stand Elinor. Sie stand ganz allein dort, schaute aus großen Augen durch das Glas und merkte nicht, daß ich sie beobachtete.

Ich glaube, ich errötete ein wenig. Ich mochte Elinor. Ebenso wie ich blieb sie oft für sich. Wäre sie kein Mädchen oder ich kein Junge gewesen, hätten wir sicherlich die Gesellschaft des anderen gesucht. So aber hätte eine Freundschaft Hohn und böse Scherze der Mitschülerinnen und Mitschüler hervorgerufen, und wir erlaubten uns deshalb nur hin und wieder, einander anzusehen und ein paar Worte zu wechseln. Sie mußte sich an die Mädchen halten und ich mich an die Jungen, das waren die ungeschriebenen Regeln, und wir befolgten sie, obwohl wir uns beide zwischen denen, die unsere Kameradinnen oder Kameraden sein sollten, fremd fühlten.

Nun stand Elinor hier auf der Treppe zum Kellergeschoß des Museums und betrachtete mit ernstem Blick etwas, was sich im Wasser des Aquariums bewegte.

»Elinor«, sagte ich vorsichtig, um sie in ihrer Versunkenheit nicht zu erschrecken.

Sie schien aber überhaupt nicht erstaunt zu sein, daß ich da war. Sie nickte nur, ohne das Aquarium aus den Augen zu lassen. Ich stieg die Treppe hinunter und stellte mich neben sie, nachdem ich mich mit einem Blick nach hinten vergewissert hatte, daß keines der anderen Kinder da war.

»Ist sie nicht wundervoll?« flüsterte Elinor, und ihre kleine Hand löste sich vom Geländer und zeigte auf das Tier im Aquarium.

Eine Riesenschildkröte schwamm langsam umher, und hinter ihr wirbelten die Algen wie kleine grüne Punkte. Hin und her glitt die Schildkröte, während sie langsam ihre runzligen Beine auf und ab bewegte, als seien es Flügel.

»So groß und schwer. Und trotzdem schwebt sie leicht wie ein Vogel«, fuhr Elinor fort.

»Ja«, sagte ich, betrachtete aber statt dessen Elinors Hände, die auf dem Geländer ruhten. Ist es wahr, daß sie sterben wird? fragte ich mich. Und wie zufällig legte ich meine Hand dicht neben die ihre auf das Geländer, so daß deren Außenseiten sich berührten.

Da standen wir nun, Elinor und ich, Seite an Seite, die Hände dicht aneinander. Ich befand mich eine Treppenstufe höher als sie und schaute auf ihre trockenen, wirren Locken hinunter. Im Haar neben ihrer Wange glänzte ein Speicheltropfen. Die Schildkröte glitt dicht hinter dem Glas vorbei und zwinkerte mit ihren alten, klugen Augen.

Plötzlich zog Elinor ihre Hände zurück und sah zur Tür hinauf. Sie hatte ein scharfes Gehör. Zwei Jungen hatten ihre neugierigen Gesichter durch die Türöffnung gesteckt, und im nächsten Augenblick war Elinor die Treppe hinuntergelaufen. Ich blieb am Aquarium stehen, um Abstand zwischen uns aufkommen zu lassen. Sie verschwand in der Dunkelheit. Ich glaube nicht, daß die Jungen sie bemerkt hatten.

Sie glaubten, sie hätten als erste die Treppe entdeckt. Dann fiel ihr Blick auf mich, und sie fragten, was es dort unten gebe. Ich antwortete, daß ich es nicht wisse, weil ich noch nicht dort gewesen sei. Die Jungen lachten und rannten die Treppe hinunter, und nach einem Weilchen folgte ich ihnen.

Zuerst dachte ich, dort sei es absolut finster. Aber dann gewöhnten sich die Augen an die äußerst spärliche Beleuchtung über jedem Käfig. Hier befanden sich die Tiere nämlich in Käfigen anstatt in Vitrinen.

Es waren sonderbare Geschöpfe. Das merkwürdige Gefühl, das ich beim Anblick der Tiere im Stockwerk darüber verspürt hatte, verstärkte sich noch. Diese Tiere wirkten lebendig, erheblich lebendiger als diejenigen, die ich zuvor gesehen hatte. Aber richtig leben, das taten sie dennoch nicht. Es lag etwas Unwirkliches in ihren Bewegungen, und ihre Augen waren ohne Glanz.

Ich blieb verblüfft vor dem ersten Käfig stehen. Ein großes beigefarbenes Pelztier mit einem Gesicht wie ein Bluthund und Ohren wie ein Hase saß, ans Gitter gelehnt, schwerfällig auf seinem Hinterteil und guckte mit großen, melancholischen Augen geradeaus. Meine beiden Klassenkameraden sahen abwechselnd das Tier und einander an, zuckten die Schultern und grinsten unsicher. Keiner von ihnen wollte seine Verblüffung und seine Unkenntnis darüber, daß ein solches Tier überhaupt existierte, zu erkennen geben.

In einem anderen Käfig befanden sich sechs oder sieben blauschwarze Panther, die langsam und lautlos über-, unter- und umeinander herum glitten, so daß sie, geschmeidig und schimmernd, einem einzigen sich windenden und wälzenden Körper glichen. Ihre Augen hatten etwas Sonderbares an sich. Ihnen fehlte der Blick, und als ich mich ein paar Schritte näher gewagt hatte, entdeckte ich, daß die Tiere Facettenaugen hatten. Sie blitzten wie Schmuckstücke auf Samt.

Jetzt war auf der Treppe das Getrampel von mehreren rennenden Füßen zu hören. Eine Gruppe von Jungen eilte herunter und sah sich mit den wachen Augen Zehnjähriger um, während die beiden ersten sie herumführten, als ob sie sich schon jahrelang und nicht erst seit fünf Minuten an diesem Ort befänden. Die Mädchen, die vorher die Vitrine mit den Füchsen betrachtet hatten, standen oben bei der Schildkröte, unschlüssig, ob sie weitergehen sollten. Immer mehr entdeckten die Treppe, und bald war die ganze Klasse hier unten versammelt. Die beiden Jungen wiederholten unentwegt, daß sie die ersten gewesen seien. Waren sie aber gar nicht. Elinor war die erste gewesen, und ich suchte sie mit dem Blick.

Nach einer Weile entdeckte ich sie im Dunkeln. Hinten an der Wand führten ein paar provisorische Stufen zu einer kleinen Plattform empor, wo eine Art Fernrohr in die Wand montiert war. Elinor stand auf den Zehenspitzen und guckte hindurch.

Ich postierte mich unterhalb von ihr und versuchte ihrem Gesicht abzulesen, was sie sah. Es war jedoch zu dunkel. Ich wünschte, sie würde weitergehen, so daß ich auch schauen könnte, doch sie blieb stehen, und ich wollte sie nicht stören. Als ich nach einer Weile wiederkam, war sie fort.

Da stieg ich auf die Plattform, stellte mich an das Fernrohr und legte neugierig mein Auge daran.

Ich blickte in einen großen Guckkasten. Man hatte den Raum wie ein Stück Natur eingerichtet. Es gab Fichten und Birken, weiches Moos und Steine. Die hintere Wand war von einer Leinwand bedeckt, die so beleuchtet wurde, daß sie wie ein Himmel wirkte. Genau dieselbe Technik hatte ich schon im Theater angewandt gesehen. Der Himmel war wäßrig blau und unten so blaßrot, als ob die Sonne soeben untergegangen wäre oder gleich aufgehen werde. In der Ferne schien auch ein See zu sein. Das Ganze war sehr geschickt gemacht. Ich blickte ganz einfach während einer Sommernacht in einen Wald.

An den Seiten standen die Bäume so dicht, daß man das Gefühl hatte, der Raum sei unbegrenzt. Der Wald schien sich meilenweit zu erstrecken. In der Mitte war eine Lichtung. Der Eindruck, eine lebendige Landschaft zu sehen, beruhte vielleicht auch darauf, daß man die

Szene nur aus einem einzigen Blickwinkel sah, nämlich dem, auf den das Fernrohr eingestellt war. Die Bäume wirkten ziemlich echt, ebenso die Flechten an den Stämmen der Fichten und das frische Moos.

Irgendwo aus dem Dunkel der Fichten flatterte ein kleiner Vogel auf. Er tat ein paar Flügelschläge in Richtung des sich rötenden Himmels und war verschwunden. Es war wirklich phantastisch. Ich verstand, warum Elinor so lange geguckt hatte.

Dann wurden ein paar Zweige zur Seite gedrückt, und sie stand selbst dort. Elinor. Sie hatte ihren dicken Wintermantel ausgezogen und trug ihn über der Schulter. Sie sah direkt in meine Richtung, und ich fragte mich, ob sie wußte, daß sie beobachtet wurde. Aber es schien nicht so.

Sie schaute sich um, wandte sich in die Richtung, wo der Himmel und der See zu sehen waren, und setzte sich dann auf einen Stein. Ohne Eile begann sie ihre Stiefel aufzuschnüren. Sie knöpfte ihre Strickjacke auf und warf sie mit einer lässigen Bewegung von sich.

Ich betrachtete sie verblüfft. Sie wirkte völlig ruhig und unbekümmert. Sie fuhr damit fort, sich einen Strumpf auszuziehen, und kratzte sich ausgiebig am Bein. Als sie sich erhob, um ihren Rock aufzuknöpfen, schlug sie in die Luft – nach Mücken, wie mir schien – und schnitt eine kleine Grimasse. Der Rock fiel auf die Erde, sie stieg aus ihm heraus und ließ ihn liegen, wo er gelandet war. Dann zog sie ihre Bluse aus, und in Unterhemd und Unterrock und nur einem Strumpf stand sie schließlich da und horchte gleichsam auf etwas unten am See. Mir war klar, daß sie sich ganz und gar unbeobachtet glaubte.

Sie setzte sich wieder auf den Stein und begann den zweiten Strumpf hinunterzukrempeln. Dann aber horchte sie wieder auf. Ihre Lippen teilten sich ein wenig, ihre Augenbrauen gingen in die Höhe, so als erkenne sie etwas. Dann zog sie, ohne darauf zu achten, was sie tat, ganz langsam ihren Strumpf aus, erhob sich, ging ein paar Schritte mit dem Strumpf in der Hand und ließ ihn schließlich ins Moos fallen.

Elinor wanderte zögernd davon. Sie hätte an die hintere Wand gelangen müssen. Aber sie ging weiter. Immer weiter in die Landschaft hinein, hin zum See und dem Sommernachthimmel. Das letzte, was ich von ihr sah, war ihr Unterrock, der in der Dämmerung als kleiner weißer Fleck zwischen den Bäumen leuchtete.

»Elinor!« wollte ich rufen. Aber es wurde nur ein Flüstern. Ich umklammerte das Geländer vor mir, ich preßte das Auge derart ans Fernrohr, daß mir das Stirnbein weh tat.

Sie war fort. Zurückgeblieben waren nur ihre Kleider und ihre Stiefel im Moos.

Ich raste die Plattform hinunter und wäre um ein Haar gestürzt, geblendet, wie ich in der plötzlichen Dunkelheit um mich herum war. Ich tastete mich an der Wand entlang und suchte nach einer Tür. Ich fand keine.

Da sah ich den Lehrer auf die Plattform steigen, durch das Fernrohr gucken und dann ruhig wieder heruntersteigen. Er kam zu mir her, zog ein vergilbtes Taschentuch aus seiner Brusttasche und reichte es mir. Erst da merkte ich, daß ich weinte. Das Taschentuch roch nach einem Mottenmittel und etwas anderem. Ich drückte es mir ans Gesicht und versteckte mich dahinter.

»Kommt sie nie mehr zurück?« fragte ich leise.

»Nein«, antwortete der Lehrer.

Dann sammelte er die Klasse ein und sagte, es sei Zeit, nach Hause zu gehen. Die Tiere wirkten schläfrig.

Wir stiegen die Treppe hinauf. Die Schildkröte zwinkerte mir mit ihren runzligen Augenlidern zu. Wir gingen an den Vitrinen mit den ausgestopften Tieren vorbei, an der Abteilung mit den niederen Lebewesen und kamen ins Vestibül, wo der Wärter in seiner stattlichen Uniform noch immer schlief.

Draußen wurde es schon dunkel. Das war gut, denn so merkte niemand, daß ich geweint hatte.

Wir stellten uns in zwei Reihen auf, die Mädchen in einer und die Jungen in einer, gingen die Straße entlang bis zur Kreuzung, wo wir uns trennten und jeder zu sich nach Hause ging.

Elinor aber war nicht mehr unter uns. Ich glaube, ich war der einzige, der sie vermißte.

Die Tochter des Zauberers

Als ich siebzehn Jahre alt war, fing meine Großmutter an, mich auf besondere Art und Weise zu betrachten. Sie suchte nach einem Zeichen. Ich selbst suchte auch danach. Ich stellte mich nackt vor den Spiegel und inspizierte meinen Körper. Es mußte ein Zeichen zu finden sein. In den Augen oder auf der Haut. Aber ich war glatt und lilienweiß wie Mama. Niemand konnte mir ansehen, daß ich die Tochter eines Zauberers war.

»Und doch ist es da«, sagte Großmutter.

Großmutter konnte Papa niemals akzeptieren.

»Meine kleine Siv«, sagte sie zu Mama. »Wie konntest du nur einen Zauberer heiraten?«

»Ich habe ihn geliebt!« antwortete Mama.

»Das war keine Liebe, das war reine Magie. Du bist verzaubert worden«, erwiderte Großmutter darauf.

Im Zirkus hatte Mama ihn zum erstenmal gesehen. Sie war allein dorthin gegangen. Sie saß auf einer harten Bank im Publikum. Das blaue Zirkuszelt umgab sie, hoch und tief. Papa zauberte Tauben aus dem Hut hervor, und eine von ihnen flog über das Publikum hinweg und setzte sich in Mamas blondes Haar. Sie schlug die Augen nieder, hielt die Hände im Schoß, den Nacken angespannt. Sie wagte nicht, sich zu bewegen. Sie war siebzehn und hatte Angst, daß man über sie lachen würde. Mein Vater blinzelte auf der Suche nach der Taube ins Dunkel des Zuschauerraums, entdeckte Mama und lockte die Taube wieder zu sich. Während seines restlichen Auftritts schaute er immer wieder zu ihr hinüber.

In der Nacht konnte sie nicht schlafen. Sie schlich zu den Zirkuswagen. Großmutter holte sie morgens nach Hause. Papa zog mit dem Zirkus weiter, kam jedoch im nächsten Jahr wieder. Sie heirateten und zogen in Großmutters Haus. Seitdem zauberte er nur aus Spaß. Mama versorgte uns alle vier. Sie hatte ein kleines Garngeschäft.

Ich kann mich daran erinnern, daß Papa Kaninchen aus dem Bücherregal zauberte. Er zog rosa Eier aus dem Sofa hervor und Tauben mit Gefieder wie frisch gefallener Schnee aus dem Klo. Wenn die anderen in meiner Klasse ein Fahrrad bekamen, kriegte ich einen schwarzen Hengst mit goldener Mähne. Wenn die anderen einen Plattenspieler bekamen, kriegte ich eine selbstspielende Harfe. Wenn alle anderen Väter in unserem Viertel um halb neun Uhr morgens rückwärts aus der Garageneinfahrt fuhren, steckte Papa seinen dunklen Kopf hinter der Hecke hervor und lachte sie aus. Oh, wie Großmutter sich schämte. Wir konnten nie jemanden zu uns einladen. Aber ich schämte mich nicht seinetwegen. Und ich glaube, Mama tat es auch nicht. Ich glaube, daß sie eigentlich stolz auf ihn war.

Zu Hause gab es viel Krach. Jetzt im nachhinein verstehe ich nicht, warum Mama und Papa nicht in ein eigenes Haus gezogen sind. Großmutter und Papa paßten einfach nicht zusammen. Aber eins ist klar: Hätte ich Großmutter nicht gehabt, dann hätte ich noch eine merkwürdigere Erziehung genossen. Mama war irgendwie kein Gegengewicht zu Papa. Sie nahm alles zu leicht.

Eines Sonntagmorgens kletterte Papa die Leiter zum Boden hinauf. Großmutter und er hatten sich gestritten, und Mama rief:

»Lauf hinterher und guck, was er macht!«

Aber er kletterte höher, die Leiter zur Dachluke hinauf und aufs Dach. Ich kletterte hinterher und blieb auf der Leiter stehen, mit dem Oberkörper außerhalb der Dachluke. Wenn ich hinunterschaute, konnte ich durch die Öffnung im Boden des Dachbodens Mama sehen, die in ihrem Spitzennachthemd dastand, mit zerzaustem Haar, und ihr ängstliches Gesicht nach oben hob. Als ich über das Dach guckte, sah ich, wie Papa langsam und aufrecht über den Dachfirst ging. Am äußersten Ende blieb er stehen. Die Baumkronen in allen Gärten flüsterten und brausten.

»Was macht er?« rief Mama von unten.

Mit einem Mal schlug sein Umhang fest wie ein Flügel. Er stieß sich vom Dach ab und flog durch den blauen Himmel. In seinen schwarzen Kleidern ähnelte er einer schnellen, zielstrebigen Schwalbe.

»Was macht er?« schrie Mama und rüttelte an der Leiter. Sein Zauberstab war in die Regenrinne gerollt. Am nächsten Tag kletterte ich vom Garten aus auf einer Leiter hoch und holte ihn herunter, um ihn wieder in seine Lackschachtel in der Kommode zu legen. Mama wurde krank, als sie erfuhr, daß Papa abgehauen war. Sie lag drei Tage lang im Bett, ohne ein Wort zu reden. Dann arbeitete sie wie gewöhnlich im Garnladen, und zwei Jahre später starb sie. Großmutter übernahm das Geschäft. Papa kehrte nie zurück.

Großmutters Wunsch war es, daß ich mich, wenn es soweit war, mit einem ehrgeizigen, netten Mann verheiraten sollte, der um halb neun rückwärts aus dem Garagentor fuhr und um halb sechs zurückkam und in der Zwischenzeit soviel verdiente, daß Großmutter das Garngeschäft schließen konnte.

Sie nahm mich auf Feste ihrer Freundinnen mit, auf denen ich mit vielversprechenden Söhnen und Enkeln tanzte. Aber es war klar, daß irgend etwas mit mir nicht stimmte. Sobald sie mir beim Tanz näher kamen, wichen sie zurück, wie Pferde, die vor etwas erschrecken, was sonst niemand sehen kann. Natürlich taten sie das ganz unauffällig, aber Großmutter und mir fiel es auf, ohne daß wir begreifen konnten, was ihnen unangenehm war. Sie führten mich mit einer Armlänge Abstand herum und schickten mich dann mit wohlabgewogenen, aufmerksamen Bewegungen hastig weiter, als fürchteten sie, daß ich in ihren Händen explodieren würde. Auf diese Art und Weise tanzte ich von meinem 17. bis zum 23. Lebensjahr.

Dann waren wir eines Abends in einem Restaurant, eine kleine Gesellschaft, die irgend etwas feierte, ich weiß nicht mehr was. Nach dem Kaffee tanzten wir artig miteinander. Während ich über den Tanzboden glitt, entdeckte ich einen Mann, der allein an einem Tisch saß und mich die ganze Zeit beobachtete. Ich hatte mich noch kaum wieder gesetzt, als er mich zum nächsten Tanz aufforderte. Dieser Mann hatte keine Angst vor meiner Witterung. Er erzählte, daß er ein Künstler sei, nur auf der Durchreise, und daß er am nächsten Abend auftreten würde. Er fragte mich, ob ich nicht kommen und zugucken wollte. Mir war klar, daß ich nein sagen mußte.

»Seien Sie nicht dumm«, sagte er. »Wir haben nur diesen einen Tanz für uns, ich kann Sie nicht länger mit Beschlag belegen, das ist Ihnen doch wohl klar. Ich komme mit einer Nachricht von Ihrem Vater. Er will Sie sehen. Nun, kommen Sie morgen abend?«

Ich warf den Kopf zurück, um etwas Abstand zu seinem Gesicht zu bekommen. Er ähnelte Papa ein klein wenig. Sein Haar war dunkel, aber nicht so schwarz, wie ich Papas in Erinnerung hatte. Seine Augen waren auch nicht so dunkel, eher in der Farbe von angebranntem Pfefferkuchen.

»Was ist es denn?« fragte ich.

Er gab mir einen kleinen grünen Papierfetzen und verließ mich mitten auf dem Tanzboden. Ich konnte ihn draußen im Vorraum sehen. Er zog sich seine Straßenkleidung an, die der Garderobier ihm reichte. Das ging schnell, denn es war nur ein Umhang und ein hoher Hut. Dann ging er.

»So ein Prolet«, sagte Großmutter. »Hat er nicht gesehen, daß wir eine geschlossene Gesellschaft sind? Hätte er dich nicht wenigstens an den Tisch bringen können?«

»Er ist Künstler«, antwortete ich und guckte auf den grünen Zettel.

Es war eine Eintrittskarte für ein kleines Varieté.

Am nächsten Tag ging ich dorthin. Im Schaukasten am Eingang des Theaters hing ein Plakat, das verkündete, daß an diesem Abend die Doppelmagier auftreten würden. Der Veranstaltungsraum lag eine Treppe tiefer. Er roch nach kaltem Rauch, hatte einen stark abgetretenen Boden und zerschlissene Stühle. Es gab wenig Publikum, so daß ich meine Platznummer ignorierte und mich ganz hinten, nahe beim Ausgang, hinsetzte. Ich bildete mir ein, daß dieses ein Ort war, an dem schnell eine Feuersbrunst ausbrechen konnte. Nach einigen Gesangs- und Tanznummern waren die Doppelmagier an der Reihe. Ein älterer und ein jüngerer Zauberer zauberten Seite an Seite, taten, als konkurrierten sie um die Gunst des Publikums, versuchten einander die Tricks zu entlarven, einander zu überlisten. Die Nummer hatte ihre komischen Teile, die sie ein wenig originell machte, aber die Zauberstücke selbst waren traditionell: Tischtennisbälle vermehrten sich zwischen den Fingern, Seidentaschentücher wurden aus Hüten gezogen und so weiter.

Gerade als man dachte, nun sei alles zu Ende, und die beiden Männer sich die Hände reichten, um einander wie Sportler für den guten Kampf zu danken, gerade da wurde die Bühne von einem starken Lichtschein erhellt. Ein unglaublich bunter Vogel – vielleicht eine Art Pfau – flatterte in das Zentrum des Lichts und gab einen kurzen Schrei von sich. Von seinen Flügeln fiel ein glänzender Stoff. Das Ganze war in drei, höchsten vier Sekunden vorüber, und dann wurde es stockfinster, bis die normale Bühnenbeleuchtung anging, und die beiden Zauberer standen da und verbeugten sich vor dem verblüfften Publikum. Das letzte Zauberkunststück war so unerwartet gekommen, war so schnell vorbei gewesen und hatte sich so sehr von den vorherigen unschuldigen Tricks unterschieden, daß die Menschen im Theater sich nicht sicher waren, ob sie recht gesehen hatten. Sie applaudierten verhalten, während der Vorhang zugezogen wurde.

Ich dagegen war mir ganz sicher. Der jüngere der beiden Zauberer war der Mann, den ich im Restaurant getroffen hatte. Und der ältere war Papa. »Liefere den Leuten vor allem Sachen, die sie durchschauen oder erraten können. Aber nur eine Messerspitze vom Phantastischen«, pflegte er zu sagen, wenn er von seinen Auftritten erzählte.

»Entschuldigen Sie, mein Fräulein«, flüsterte eine diskrete Stimme.

Es war der Kartenverkäufer.

»Ich soll Ihnen den Weg zeigen. Folgen Sie mir bitte.«

Ich folgte ihm durch eine Tür neben der Bühne und einen Flur entlang bis zu einer weiteren Tür. Er klopfte leise mit dem Knöchel des Zeigefingers an, wartete einen Augenblick, dann öffnete er und winkte mich hinein.

Ich kam in eine kleine Loge. Er saß am Schminktisch auf einem niedrigen Hocker, der Umhang schleifte auf dem Boden. Er betrachtete sich im Spiegel und schien sein eigener strenger, aber geschätzter Kritiker zu sein. Sein Gesicht glänzte von Fett aus einem geöffneten Topf auf dem Schminktisch. Er machte Grimassen, als wollte er sich häuten und aus seiner Bühnenmaske herauskriechen.

»Papa«, sagte ich, und er drehte sich zu mir um und lächelte. »Wo bist du gewesen? Was hast du die ganze Zeit gemacht?« platzte ich heraus.

»Ich habe gezaubert«, sagte er.

Das hätte er mir nicht sagen müssen. Er hatte viel mehr von einem Zauberer als je zuvor. Sein Blick war wie ein Zauberspruch. Lockend, beängstigend, unbegreiflich. Er nahm meine Hände in seine. Die fühlten sich kraftlos und trocken an, als wären sie mit Kalk bedeckt, und ich hätte meine eigenen Hände am liebsten in den Handschuhen verborgen. Ich wollte ihm erzählen, daß Mama tot war, nahm aber doch an, daß er das auf irgendeine Art und Weise erfahren hatte.

Er schminkte sich weiter ab, ich stand hinter ihm und sah zu. Ich versuchte zu erraten, wieviel von seinem Gesicht verschwinden würde und wieviel zurückbliebe.

»Du bist schön geworden«, sagte er und traf meinen Blick im Spiegel.

»Und ich bin älter geworden«, fuhr er seufzend fort.

Sein Haar war jetzt grau statt schwarz.

»Fandest du uns gut?«

»Ich hätte gern mehr wie das Letzte gesehen«, sagte ich.

»Ja, du!« lachte er, drehte sich um und zwinkerte. »Nur eine Messerspitze, du weißt doch noch?«

Ich nickte und machte mich bereit, um zu gehen. Ich sagte, daß es schön war, ihn zu sehen, und daß ich hoffte, er käme mal wieder in unsere Stadt.

»Warte mal. Maximilian bringt dich nach Hause«, sagte Papa. Er holte seinen Kollegen aus dem Nebenraum. Ich verabschiedete mich von Papa und ging mit dem jungen Zauberer hinaus.

Und dann:

Maximilian begleitet mich durch die nächtlichen Straßen. Seine Schuhe sind frisch geputzt, seine Absätze klappern laut. Er ist höflich und distanziert und erzählt von den Orten, an denen er war und gezaubert hat. Wir gehen über einen großen leeren Parkplatz. Er führt mich von Feld zu Feld auf dem riesigen Spielbrett. Weiße Linien auf schwarzem Grund. Wenn ich auf die Linien trete, bin ich verloren! Er verläßt mich vor Großmutters Haus. Kraftlos gehe ich die Treppe hinauf. Sie ist lang und steil wie in einem Traum. Obwohl er mich nicht berührt hat, sucht meine Hand ängstlich am Hals nach einem Biß oder einer Schramme.

Hat er das Hotel genannt, in dem er wohnt? Oder woher kann ich es wissen? Ein Hotelname ist mit geschwungenen Neonbuchstaben in meine Hirnrinde eingeritzt. Er leuchtet in dieser Nacht in all meinen Träumen. Am nächsten Abend gehe ich ins Hotel. Ich gehe schnell am Empfangstresen vorbei. Archaische Inschriften geleiten mich flüsternd die Treppe hinauf. Als ich oben ankomme, steht er schon im Flur und wartet an seiner Tür. Das Zimmer ist deprimierend voll. Sein brennender Blick, die Pupille undurchdringlich schwarz. Seine Zunge eine Oblate im Mund. Wir drehen uns im Kreis, zwei kleine Zahnräder im Bauch eines mächtigen Uhrwerkes, während der Nachtregen wie mit scheuen Vogelschnäbeln gegen die Fensterscheibe pickt.

Am nächsten Morgen brachte er mich in Papas Zimmer und stellte mich scherzhaft als seine Ehefrau vor. Papa saß da und putzte seinen Zauberstab mit einem weichen Tuch. Das erinnerte mich an ein Physikexperiment in der Schule, bei dem man einen Glas- oder Ebonitstab mit einem armen Katzenfell reibt.

»Ich komme mit euch«, sagte ich.

Pape lachte glücklich und zauberte das Zimmer voll mit den törichten Freuden meiner Kindheit.

Jetzt reise ich mit Papa und Maximilian umher. Vielleicht habt ihr uns mal aus einem Hotel kommen sehen. Zwei schwarzgekleidete Herren, ein älterer und ein jüngerer, und dann eine Frau mit einem Kopftuch über den Lockenwicklern. Wir tragen immer eine Menge merkwürdiger Taschen und Kisten, die wir in einen alten Mercedes stopfen, und von Zeit zu Zeit springt er nicht an, so daß die Männer ihn anschieben müssen, während ich lenke.

Abends treten wir auf. Ich assistiere mit graziösen Bewegungen. In ein Paillettenkleid gekleidet, ein Bein leicht gebeugt, auf den Zehen ruhend, betrachte ich ihre Kunststücke und wirke verwundert, wenn die Kaninchen auftauchen.

Im Sommerhalbjahr treten wir oft im Freien auf. Die Frühlingsabende können kühl sein, und meine Beine bekommen in den Netzstrümpfen eine Gänsehaut. Nach der Vorstellung umarmt Maximilian mich. Ich krieche unter seinen Umhang. Dort hält er mich fest, brütet mich warm.

Unter den Umhängen tragen sie weiße Hemden, die

ich oft waschen muß. Ich wünschte, wir könnten die Wäsche weggeben, aber dazu haben wir kein Geld. Unsere Finanzen sind sehr angespannt, und wir sind gezwungen, in großer Schlichtheit zu leben. Also wasche ich die Hemden in den immer zu kleinen Waschbecken im Hotelzimmer, denen ein Stöpsel für den Abfluß fehlt. Ich reibe die Kragen mit den immer zu kleinen Seifenstücken ein. Die Hemden hänge ich dann überall auf aufblasbare Bügel zum Trocknen hin. Es wird feucht im Zimmer. Manchmal werden sie nicht trocken, ehe wir weiterfahren. Dann muß ich sie in Plastiktüten legen, und wenn ich sie wieder heraushole, riechen sie muffig.

Papa und Maximilian zaubern Kekse, Bonbons und Torten hervor. Aber niemals Kartoffeln, Fleisch, Fisch und Brot. Sie zaubern Seidenschals, Straußenfedern und Lamékrawatten herbei. Aber nie Hosen, Strümpfe oder Unterhosen. Wenn Papa und Maximilian zusammensitzen, habe ich manchmal das Gefühl, daß sie mich verlassen wollen. Sie reden leise und eifrig, als würden sie eine Flucht vorbereiten.

Des Nachts wache ich auf und muß nachsehen, ob Maximilian noch neben mir liegt. Er sieht so leicht aus. Als wenn seine Haut aus Reispapier wäre und seine Adern mit Heliumgas gefüllt. Nur die um ihn festgestopfte Decke hält ihn zurück, drückt ihn in die Matratze. Am Morgen ist das Laken glatt und geruchlos und sieht aus, als käme es direkt aus dem Wäscheschrank.

Ich streichle seine Stirn mit meinen abgebrochenen roten Fingernägeln. (Ich male sie vor den Auftritten an, aber sie werden aufgrund des Hemdenwaschens nie länger.)

»Mein Papierengel«, flüstere ich. »Du fliegst doch nicht von mir fort?«

Da lächelt er sanft im Schlaf, als hätte er mich gehört, und ich ergreife seine feste Hand und schlafe mit ihr in meiner ein.

Ich liebe seine Hände. Die Hände eines Zauberers scheinen immer etwas zu verbergen. Er tut, als hätte er leere Hände, aber wenn er mich streichelt, fühle ich, daß er ein unsichtbares Geheimnis in der Handfläche verbirgt.

Ich bin so unruhig. Acht Tage lang waren wir Geiseln in einer kleinen selbstgefälligen Stadt. Ich beklage mich nicht, es ist eine hübsche Stadt mit niedrigen Holzhäusern und einem grünen Park, aber Maximilian und Papa zerren an der Leine. Wir sind durch einen Zufall hierhergeraten. Das Auto streikte plötzlich auf der Autobahn, mußte in eine Werkstatt in die nächstgelegene Stadt gebracht werden, und wir zogen in das billigste Hotel.

In letzter Zeit läuft es schlecht. Niemand fragt nach Zauberei. Als das Auto nach zwei Tagen fertig war, konnten wir es nicht auslösen. Wir haben auch kein Geld, um weiterzureisen. Wir haben kein Geld, weiter hier zu wohnen. Ich weiß wirklich nicht, was aus uns werden soll.

»Wir müssen einen Auftritt kriegen«, sagte Maximilian und zauberte Tauben ins Zimmer.

»Mir wäre es lieber, wenn du aufhören würdest, Tiere herbeizuzaubern«, sagte ich.

»Ich zaubere sie ja auch wieder weg«, wandte er ein.

»Aber den Dreck zauberst du nicht wieder weg.«

»Das kann ich nicht«, lachte er.

Nein, das übersteigt Maximilians Fähigkeiten. Ich muß immer den Taubendreck wegwischen. Und die Kötel, die die Kaninchen zurücklassen. Aber der Taubendreck ist am schlimmsten. Ich begreife nicht, warum es so beliebt ist, Tiere hervorzuzaubern, die ihr Geschäft alle fünf Minuten erledigen. Eine Katze kann es drei Tage lang zurückhalten, habe ich gelesen. Aber wer hat je gesehen, daß ein Zauberer eine Katze herbeigezaubert hat?

Es ist Sommer, und in den Straßen laufen die Menschen und lutschen an großen Eistüten. Am folgenden Tag soll das jährliche Sommerfest im Stadtpark stattfinden, und Papa hat so lange genörgelt, bis wir ins Programm aufgenommen worden sind, obwohl es schon voll war.

»Morgen wird das Wetter schön«, sagt Papa.

»Wenn wir ein Zimmer mit Balkon hätten, könnte ich die Hemden raushängen«, sage ich.

Ich ahne das Schlimmste.

Im Morgengrauen höre ich sie auf dem Hotelflur zaubern. Ich höre ihr erregtes, unterdrücktes Lachen. Das sind Zauberkunststücke, die niemand sehen soll. Ich belausche an der Tür ihr Murmeln.

»Das ist schwierig, Maximilian. Aber ich habe es schon mal gemacht«, höre ich Papa flüstern.

Da reiße ich die Tür auf. Es gibt nichts Besonderes zu sehen. Nur die beiden Männer in ihren Nachthemden und hohen Hüten. Der Flurläufer ist bis auf die Kettfäden abgenutzt, ein kleiner Tisch mit Plastikblumen, vergilbte Wände, die Treppe und das Treppengeländer. Sie fummeln an ihren Zauberstäben herum und gucken mich an, verlegen und beschämt. Ich mache die Tür wieder zu und höre, wie sie erleichtert aufatmen.

Dann ziehe ich die Tür wieder auf. Sie sind weg. Der Hotelflur liegt verlassen da. Ich lege mich wieder hin, es ist sinnlos zu suchen. Das Licht ist grau, die Möbel sind häßlich. Ich fühle mich so traurig. Ich schlafe wieder ein und träume, daß ich vor Weinen zittere und schreie. Als ich aufwache, liegt Maximilian neben mir. Ich streichle seinen harten Brustkorb, den Schild über seinem Herzen. Verlaß mich niemals, mein schöner, magischer Mann, geh nie von mir! Am Nachmittag machen wir uns auf den Weg in den Stadtpark. Die überdachte Bühne ist im Stil der neuen Sachlichkeit gebaut, eine weiße Grotte im Grünen. Die Menschen haben sich schön angezogen. Die Blumen stehen in stillen, eingezäunten Versammlungen, und ein Springbrunnen plätschert.

Ein Conferencier in weißen Hosen mit Clubjacke geht auf der Bühne auf und ab und spricht in ein Mikrophon. Ein kleiner Junge spielt Geige. Ein elfjähriges Mädchen singt alte Schlager. Eine alte Tante spielt Ziehharmonika. Alle kommen aus der Stadt. Einer nach dem anderen wird von dem Mann in der Clubjacke auf die Bühne gewunken.

Wir stehen fertig angezogen da, von ein paar stark duftenden Büschen vor dem Publikum verborgen. Atemlos warten wir zwischen den Zweigen, wie Wild, das sich versteckt. Durch die Blätter sehen wir die vielen Farben des Publikums. Ich hebe meinen Blick zum Himmel. Es ist noch nicht dunkel, aber die Luft ist trüber geworden. Der Himmel ist zu uns herabgesunken. Ich schaue in Maximilians Gesicht. In seinen Augen rührt sich etwas. Ein Vogel gurrt und schnalzt im Inneren des Busches, meine spitzen Absätze graben sich in den Boden. Im Haar habe ich eine weiße Feder. Sie schwebt wie eine Wolke über meinem Kopf, als wir die Bühne betreten. Dort unten stehen sie, einige hundert Vogeljunge, rekken ihre Hälse und reißen den Mund auf, um einen Bissen vom Unerklärlichen zu erhalten. Die Doppelzauberer zaubern. Während des gesamten Auftritts sind sie nervös, angespannt, und hinterher bedanken sie sich gemeinsam mit einer Verbeugung für den vereinzelten Applaus. Seite an Seite nehmen sie eine Haltung wie zum Kopfsprung ein. Sie holen mit den Armen Schwung, nehmen Anlauf und tauchen. Nach oben. Wie auf einem unsichtbaren Hügel liegend, die Arme nach vorn, stürzen sie Seite an Seite in die Luft. Höher und höher, bis sie schließlich im Himmel verschwinden.

Das Publikum senkt die Köpfe und schaut wieder zur Bühne. Wartet. Ich stehe allein da, zupfe an den glitzernden Schuppen meines Kostüms, die Minuten vergehen.

»Wie lange sollen wir warten?« ruft jemand. »Wann kommen sie zurück?«

Da gehe ich ans Mikrophon. Meine Stimme schluchzt aus den in den Baumkronen verborgenen Lautsprechern:

»Sie brauchen nicht zu warten. Sie kommen nicht zurück.«

Ich laufe über die Rasenflächen, über den Markt und durch die Straßen. Die ganze Nacht liege ich in meinen Pailletten auf den Knien und schrubbe den Taubendreck von dem braunen Linoleum des Hotels ab, während die nassen Hemden tropfen.

Das englische Puppenhaus

> Jeder Mensch ist ein Universum. Wir können nicht stillstehen. Wir haben nur zwei Möglichkeiten: zu schrumpfen oder zu wachsen.
>
> *Tør Nørretranders*

Das Fenster des Kinderzimmers ist zum Lüften geöffnet. Eine frühlingshafte Brise weht herein und läßt die Palme auf dem Piedestal im oberen Flur leise rascheln.

Ich bin eine glückliche Frau. Manchmal denke ich daran, wie unglücklich ich in meiner ersten Ehe mit Torsten war, als ich in der weißen Klinkervilla wohnte. Jetzt ist alles viel besser.

Als Torsten und ich frisch verheiratet waren, arbeiteten wir zusammen am Aufbau seiner Firma. Ich kümmerte mich um die Buchführung und ging ans Telefon. Das war eine schöne Zeit, obwohl ich das damals nicht verstand. Als die Firma dann gut lief und Torsten eine Menge Angestellte hatte, wurde ich nicht mehr so gebraucht. Ich hörte also auf zu arbeiten, wir kauften das Haus aus weißem Klinker und richteten ein Kinderzimmer ein.

Aber es kamen keine Kinder. Aus dem Kinderzimmer wurde Torstens Arbeitszimmer. Da saß er immer, wenn er zu Hause war, und ich dachte, dann richte ich mir auch ein Arbeitszimmer ein. Es wurde das hintere Ende des großen Wohnzimmers, es war eigentlich als Eßzimmer gedacht, aber wir brauchten kein Eßzimmer, weil wir nie Gäste hatten. In diese Ecke stellte ich einen Tisch mit meiner Nähmaschine und meinen Aquarellfarben. Neben einem Sessel stand mein Strickkorb, und ein kleiner Schrank beherbergte meine Miniaturensammlung.

Ich habe mich schon immer für kleine Dinge begeistert. Am besten gefielen sie mir, wenn sie eine eigene Welt darstellten. Wie Modelleisenbahnen mit Bahnhöfen, Brücken, Bäumen und Dörfern, eine Welt, die von Fahrplänen und unfehlbaren Bahnhofsuhren gesteuert wurde. Oder Weihnachtskrippen aus katholischen Ländern mit einer Unzahl von Personen, Tieren und Palmen, eine Welt, die nicht technisch glaubwürdig war wie die Modelleisenbahn, aber überzeugend auf einer Ebene der Wunder. Man erwartete, daß die Engel jeden Moment von ihrer Unterlage abhoben oder das Jesuskind seine Hand zu einer segnenden Geste ausstreckte. Jede Welt wird von ihrem eigenen System zusammengehalten.

Wenn wir auf Reisen waren, suchte ich immer nach kleinen Gegenständen. Die schönsten fand ich in England. Und hier, in London, in einem Geschäft für antiquarische Spielsachen, fand ich das Puppenhaus.

Es war ein wunderbar naturgetreu nachgebautes Haus im Jahrhundertwendestil mit Erkern und Sprossenfenstern. Als der Mann, dem das Geschäft gehörte, merkte, daß ich Miniaturen sammelte und also eine seriöse Kundin war, löste er den Haken an der vorderen Hauswand und öffnete das Haus. Nachdem er mir einen Blick aus Stolz und Einverständnis zugeworfen hatte, trat er zur Seite, damit ich alles sehen konnte.

Im Innern gab es drei erlesen möblierte Stockwerke,

die mit Treppen verbunden waren. Im Erdgeschoß gab es ein Eßzimmer mit Möbeln im Neurenaissance-Stil, eine Küche mit eisernem Herd und Regalen voller Porzellan und Kupfergeschirr. Im mittleren Stockwerk war ein Salon mit gepolsterten Stühlen aus rotem Samt, Bildern und Palmen auf Piedestalen. Die Bibliothek war mit Nußbaumholz getäfelt, hatte eingebaute Bücherregale, lederne Sessel und einen Schreibtisch mit lauter kleinen Schubladen und Fächern. Das Schlafzimmer der Herrschaft lag im obersten Stockwerk und wurde von einem prachtvollen elisabethanischen Bett mit Seidenvorhängen beherrscht. Daneben gab es auch ein Kinderzimmer mit Schulbank, Spielsachen und Bildtafeln mit exotischen Tieren.

Am Schreibtisch in der Bibliothek saß ein kleiner Puppenherr, vor ihm lagen aufgeschlagene Bücher. In der Küche stand eine Haushälterin mit weißer Haube und Schürze.

»Es ist alles exquisites Handwerk«, bemerkte der Mann. »Schauen Sie sich den Sekretär im Schlafzimmer an! Sehen Sie die Intarsien? Und die Bücher: alle haben einzelne Seiten und sind mit Text bedruckt.«

»Wie ist es nur möglich, all diese Dinge so klein herzustellen«, rief ich aus.

»Ich zeige Ihnen ein Gemälde.«

Vorsichtig nahm er ein briefmarkengroßes Bild heraus, es stellte einen Reiher dar. Dann nahm er eine Lupe aus der Brusttasche und zeigte mir, daß das Bild aus einer Stickerei bestand, aus so kleinen Stichen, daß ich sie mit bloßem Auge nicht hatte erkennen können.

»Unglaublich«, murmelte ich. »Und so hübsche Puppen. Was hat die Haushälterin für einen wunderbaren Gesichtsausdruck!«

»Ja. Ist es nicht phantastisch? Der Kopf ist aus Porzellan, der restliche Körper aus Draht und Stoff.«

Der Mann nahm die Puppen heraus, damit ich sie mir näher anschauen konnte. Er blinzelte mit seinen braunen Augen, und mit seiner blassen Haut und seinen vorsichtigen Bewegungen glich er selbst einer Puppe.

»Gibt es nur die beiden?« fragte ich.

»Ja, leider. Es hat vermutlich noch andere gegeben. Eine Hausherrin, ein paar Kinder und noch einige Diener, könnte ich mir vorstellen. Einen ganzen Haushalt. Aber die sind im Lauf der Jahre verlorengegangen.«

Der Puppenherr hatte schwarze Haare, Koteletten und einen Schnurrbart. Er trug einen Frack. Die Haushälterin hatte eine weiße gestärkte Haube auf ihren hochgesteckten Haaren. Sie hatte eine kleine Falte auf der Stirn und einen zusammengekniffenen Mund.

Ich kaufte das Puppenhaus, Torsten bezahlte es. Seit seine Firma sich auf dem internationalen Markt etabliert hatte, liefen die Geschäfte sehr gut, und Geld spielte keine Rolle mehr.

Während des ganzen Aufenthalts in London dachte ich an das Puppenhaus. In Museen, Theatern, Restaurants, ja sogar wenn wir zwischen den glatten Satinlaken des Hotels lagen und versuchten, etwas Leben in unsere verkümmernde Ehe zu hauchen, dachte ich an die wunderbaren kleinen Möbel, die winzigen Gegenstände und beiden Puppen. Ich hatte sie bereits Mr. Black und Miss

White getauft, weil das ihre hervorstechenden Farben waren.

Als wir wieder zu Hause waren, wartete ich ungeduldig auf die Ankunft des Puppenhauses, und als es kam, holte ich die Sachen aus der Holzwolle und möblierte das Haus nach einer Skizze, die der Mann aus dem Geschäft freundlicherweise mitgeschickt hatte.

Kurze Zeit nach unserer Englandreise kam meine Schwester bei einem Autounfall ums Leben. Das war ein großer Verlust für mich, denn sie war der einzige Mensch, der mir wirklich nahestand. Meine Mutter hatte ich ein Jahr zuvor verloren, mein Vater war schon lange tot. Freunde hatte ich nicht. Ich glaube, daß dieses Unglück der Grund dafür war, daß ich den Boden unter den Füßen verlor.

Torsten kam mir immer mehr wie ein Fremder vor. Er arbeitete fast immer und war sehr oft im Ausland. Wenn er zu Hause war, schlief er in seinem Arbeitszimmer. Er faßte mich nicht mehr an. Ich ging immer öfter zur Friseurin, um wenigstens eine Berührung zu spüren, wenn sie mir die Haare wusch und die Kopfhaut massierte.

Mein Arzt verschrieb Tabletten gegen Schlaflosigkeit und Tabletten gegen Depression. Die Schlaftabletten machten mich eher bewußtlos, als daß sie mich schlafen ließen. Es war, wie einen Schlag auf den Kopf zu bekommen, und dann war plötzlich wieder Morgen, ich hatte nicht das Gefühl, geschlafen zu haben. Irgend jemand nahm mir die nächtlichen Teile meines Lebens weg. Die Depressionstabletten wirkten ähnlich. Das tiefe Gefühl von Trauer wurde weggenommen, aber nicht durch andere Gefühle ersetzt.

Jeden Morgen, wenn ich das Frühstück abgeräumt und die Betten gemacht hatte, nahm ich den Haken vom Puppenhaus und öffnete es. Dann saß ich davor, schaute in die Räume, betrachtete alle Sachen und Mr. Black und Miss White.

Torsten fand mich komisch, weil ich immer vor dem Puppenhaus saß. Aber eines Tages sah ich, wie er selbst im Wohnzimmer vor der geöffneten Wand stand. Er ließ den Blick über alle Zimmer schweifen, nahm Sachen in die Hand und betrachtete sie, so als würde er etwas suchen. Vielleicht suchte er eine Antwort auf die Frage, warum ich von alldem so fasziniert war. Die Antwort auf die Frage, wer ich war.

Eines Abends saß ich im Sessel im Wohnzimmer. Ich wollte gerade meine Schlaftabletten nehmen und ins Bett gehen, da kam mir der Gedanke, die ganze Schachtel zu nehmen, und das sagte ich Torsten. Er antwortete, das sei keine gute Idee, und ging dann in den ersten Stock hinauf. Ich hörte das Wasser rauschen, als er sich wusch, und dann schloss er die Tür zu seinem Zimmer.

Ich schaute das Puppenhaus an. Die Wand war jetzt verschlossen, aber ich hatte Mr. Black so aufgestellt, daß er aus dem Fenster in unser Wohnzimmer schaute. Ich sah sein hübsches kleines Porzellangesicht weiß und glänzend im Dunkel leuchten.

Plötzlich wurde ich unglaublich müde, obwohl ich meine Tabletten gar nicht genommen hatte. Oder hatte ich es doch getan und vergessen? Und wie viele hatte ich wohl genommen? Ich war so müde, daß ich nicht aufstehen und ins Schlafzimmer hinaufgehen konnte, ich blieb im Sessel sitzen. Ich fror und dachte, ich müßte eine Strickjacke anziehen, aber ich konnte mich nicht rühren.

Als ich aufwachte, fror ich nicht mehr. Ich war warm im ganzen Körper, so warm, wie ich es schon seit vielen Jahren nicht mehr gewesen war. Ich befand mich nicht in unserem Wohnzimmer, aber die Umgebung war dennoch vertraut. Ich saß auf einem der roten Plüschsessel und hatte eine karierte Wolldecke über mir. An der Wand hing das gestickte Bild mit dem Reiher. Darunter, neben dem Piedestal mit der Palme, saß Mr. Black. Er ließ seine Zeitung sinken, strich sich rasch über den Schnurrbart und lächelte mich an.

»Ich habe Sie zugedeckt. Sie schienen zu frieren«, sagte er.

»Danke«, sagte ich leise.

»Miss White kommt gleich mit dem Tee.«

Ich legte mir die Decke um die Schultern, ging zum Fenster und schaute in das Wohnzimmer, in dem ich eingeschlafen war. Torsten saß auf dem Sofa, bei ihm war ein Mann, der dem Gespräch nach zu urteilen ein Polizist war. Sie sprachen von Selbstmord, einer Suche im See, die Schachtel mit meinen Schlaftabletten wurde genau untersucht. Ich fing wieder an zu frieren und zog die Decke fester um mich.

Mr. Black stand neben mir.

»Miss White hat den Tee gebracht. Kommen Sie und setzen Sie sich. Es gibt keinen Grund zur Aufregung. Alles wird sehr bald verblassen.«

Er sprach mir leise ins Ohr. Sein Schnurrbart kitzelte an meiner Wange, er roch gut nach einem edlen Tabak.

Als wir Tee getrunken hatten, zeigte Mr. Black mir das Haus. Ich kannte ja alles, aber es war nun doch, wie Sie sich denken können, etwas ganz anderes. Wir gingen von Zimmer zu Zimmer, und Mr. Black erklärte mir alles. Er führte mich zu einem Schrank voller schöner knöchellanger Kleider, die mir genau paßten, wie sich herausstellte.

Das Kinderzimmer im obersten Stockwerk erwähnte er nur flüchtig. Er erzählte nicht, warum es ein Kinderzimmer im Haus gab, wo doch keine Kinder da waren. Er öffnete die Tür ohne einzutreten. Als ich hineinschaute, bemerkte ich zu meinem Erstaunen, daß hier, im Gegensatz zum ansonsten beinahe übertrieben sauberen Haus, alles – die Spielsachen, die kleinen Betten, die Schulbänke und Bildtafeln – von einer dicken Schicht Staub überzogen war.

Die Bibliothek zeigte er mir jedoch sehr genau. Er erzählte ein wenig, woran er forschte. Er arbeitete an einer Theorie, wie unterschiedliche Universen schrumpfen oder wachsen, und wie unter besonderen Umständen Verbindungen zwischen diesen Universen hergestellt werden können. Ich hörte nur mit einem halben Ohr zu, ich verstand nicht viel von diesen komplizierten Überlegungen, ich schaute zum Fenster hinaus, da rollten Pferdekutschen über das Kopfsteinpflaster.

So begann mein Leben im Haus von Mr. Black. Tagsüber war ich sehr oft mir selbst überlassen, Mr. Black arbeitete in der Bibliothek, aber am späten Nachmittag sprachen wir miteinander oder lasen uns gegenseitig etwas vor. Miss White kreiste immer um uns, mit

Teetabletts, Staubwedeln oder geleerten Aschenbechern. Manchmal versuchte ich, sie in unser gemütliches Gespräch einzubeziehen. »Oder was meinen Sie, Miss White?« sagte ich zum Beispiel. Aber sie schwieg immer, und die scharfe Stirnfalte, die schon deutlich vorhanden war, als ich sie das erste Mal sah, vertiefte sich. Es war eine rätselhafte Falte. Sie war nicht so sehr ein Zeichen für ihr Alter, sondern eher Ausdruck für ein Gefühl, das ich nicht richtig deuten konnte: Mißbilligung, Enttäuschung oder Verwirrung.

Die ersten Nächte verbrachte ich in einem Zimmer, das einem Butler gehört hatte, der nicht mehr im Haus lebte. Es war eine asketische Kammer neben der Eingangsdiele, die schwach nach älterem Mann roch. Ich hatte sie bisher noch nicht bemerkt. Am Abend lag ich lange wach und lauschte dem Knacken in den Wänden, dem Hufgeklapper und dem merkwürdig bebenden Schnarchen aus dem Zimmer von Miss White.

Mr. Black und ich kamen uns immer näher. Meine Vormittage verbrachte ich manchmal bei einem Spaziergang im nahe gelegenen Park, aber oft schlich ich zur Bibliothek, stand in der Tür und schaute ihn an, wie er da über seine Bücher und Papiere gebeugt saß. Er war ganz konzentriert, als sei er absorbiert von den fremden, aber doch so nahe liegenden Universen, denen seine Forschungen galten. Ich liebte es, ihn so zu sehen. Nahe und doch fern. Wie seine ansonsten so weißen Wangen sich vor Erregung röteten. Der dunkle, glühende Blick, der so eifrig über die Buchseiten glitt. Die sorgfältig manikürten Hände, die rasch und kratzend Notizen aufs Papier warfen, und das Zittern seines Schnurrbarts.

Aber so leicht wie seine Arbeit ihn absorbierte, so leicht konnte er sie auch zurücklassen. Abends war er ungezwungen, entspannt und unterhaltend. Er war ein außerordentlicher Geschichtenerzähler, und es kam oft vor, daß er mir aus einem Buch vorlas, dann innehielt, das Buch sinken ließ und zu eigenen Erzählungen überging. Bei solchen Gelegenheiten waren meine Erinnerungen an Torsten so gut wie ausgelöscht. Sie waren verblaßt, genau wie Mr. Black es vorhergesagt hatte.

Eines Abends saßen wir zusammen auf dem kleinen Zweiersofa im Wohnzimmer. Wir hatten keine Lampen angezündet, Licht kam nur aus dem offenen Kamin, rötlich, lebendig und magisch. Wir saßen enger nebeneinander als je zuvor, zwischen uns entstand eine eigenartige Wärme. Unser Gespräch verebbte allmählich in Schweigen und Mr. Black nahm meine Hand in die seine. Aus dem Augenwinkel sah ich, wie Miss White in der Türöffnung erschien, sich dann umdrehte und wieder verschwand.

Mr. Black stand auf, zog mich hinter sich aus dem Salon und zur Treppe. Er ging vor mir, ich folgte ihm, denn die Treppe ist schmal, aber er hielt immer noch meine Hand in einem nun festeren Griff. Ich wußte, wohin er mich führte, in das matt erleuchtete Schlafzimmer und zu dem großen elisabethanischen Bett. Er schob die schweren grünen Bettvorhänge auf, und wir krochen hinein wie in eine mit Moos ausgekleidete Höhle.

Sogar da drinnen konnte ich Miss Whites eigenartiges Schnarchen hören, wie Vibrationen durch den Fußboden, lauter und langgezogener als bisher und, so schien es mir plötzlich, fast wie ein Schluchzen.

Am nächsten Morgen holte Mr. Black einen Ring aus dem Sekretär im Schlafzimmer, schob ihn auf meinen Finger und sagte, nun seien wir verlobt. Als er am Frühstückstisch die Neuigkeit Miss White mitteilte, preßte sie die Lippen zusammen und wischte eine Träne aus dem Augenwinkel.

»Sie ist so leicht gerührt«, flüsterte Mr. Black mir zu, eine Behauptung, die nicht mit meiner Beobachtung von Miss White übereinstimmte.

Als wir am Abend wieder in dem elisabethanischen Bett lagen, fragte ich Mr. Black, ob zwischen ihm und Miss White etwas gewesen sei. Das verneinte er mit so heftigem Lachen, daß seine Bauchmuskeln an meiner Hüfte vibrierten. Ich bemerkte, das wäre schließlich nicht so erstaunlich gewesen. Nur die beiden in dem großen Haus, ein Mann und eine Frau. Aber Mr. Black antwortete, das wäre sehr erstaunlich gewesen.

Mir entging jedoch nicht, daß Miss White sich veränderte. Die Mahlzeiten wurden nicht mehr so pünktlich serviert und der Tisch war nicht mehr so hübsch gedeckt. Ihre Bewegungen wurden langsamer und zögernder. Manchmal sah ich sie am Fenster stehen und in den Himmel schauen.

Mr. Black plante bereits unsere Hochzeit. Er war ein wunderbarer und aufmerksamer Verlobter.

»Meine Liebe zu dir wird jeden Tag größer«, sagte er eines Nachts in dem elisabethanischen Bett. »Wie eigenartig. Dieses große, wunderbare Reich, das begann wie ein kleines Sandkorn und das mit jeden Kuß, mit jedem Wort, jeder Umarmung größer wird.«

»Und vielleicht«, sagte ich leise, »kann es eines Tages wieder zu einem Sandkorn werden.«

»Laß uns jetzt nicht darüber nachdenken. Manche Welten werden kleiner, andere größer. Wir wissen nicht wann oder warum«, murmelte er und küßte mich.

Am nächsten Tag benahm Miss White sich merkwürdig. Ich kam in den Salon, sie stand am offenen Fenster und schüttelte den Staubwedel aus.

»Kommen Sie und schauen Sie, gnädige Frau«, rief sie mit schriller Stimme, und ich ging zum Fenster.

»Schauen Sie hinunter«, ermahnte sie mich, und ich tat, wie sie gesagt hatte, aber ich sah nichts außer drei Stockwerke tiefer die gepflasterte Straße.

»Was glauben Sie, gnädige Frau, würde passieren, wenn man hier herabstürzte? Glauben Sie, man würde zu Tode stürzen?« flüsterte sie in mein Ohr, und als sie die letzten Worte aussprach, packte sie mich am Nacken und drückte meinen Kopf über das Fensterbrett.

Ebenso schnell wie sie mich gepackt hatte, ließ sie mich wieder los, aber ich hatte Angst bekommen und zog mich rasch und mit klopfendem Herzen vom Fenster zurück.

An diesem Abend wollte Mr. Black mir vor dem Kaminfeuer Gedichte vorlesen, und ich scheute mich, die zerbrechliche Stimmung zwischen uns zu stören, indem ich von Miss Whites Benehmen erzählte. Ich lauschte den Gedichten, dann reichte er mir das Buch, damit ich ein Gedicht las, das er besonders gern mochte. Als ich anfing zu blättern, fiel mein Blick auf die Titelseite und ich sah, daß das Buch ein Geschenk war für »Mrs. Brenda Black von ihrem Ehemann«. Ich erwähnte es nicht, sondern las das Gedicht, das Mr. Black vorgeschlagen hatte. Es war wirklich sehr schön.

Ein paar Tage später saßen Mr. Black und ich im Eßzimmer und warteten vergebens auf das Essen. Als die Essenszeit eine halbe Stunde überschritten war und Mr. Blacks ungeduldiges Ziehen an der Klingelschnur sich als wirkungslos erwiesen hatte, ging ich in die Küche, um zu sehen, was mit Miss White los war. Ich fand sie in Tränen aufgelöst am Tisch sitzen.

»Was ist denn los, Miss White?« fragte ich.

»Entschuldigen Sie, gnädige Frau. Aber ich habe mich in letzter Zeit so merkwürdig gefühlt. Ich träume. Eigenartige Dinge. Mitten am Tag. Da vor dem Fenster. Ein großes Zimmer. Mit einem Mann. Einem blonden, kräftig gebauten Mann. Er sieht so gut und freundlich aus. Aber dann kommt er näher und die ganze Wand öffnet sich und er ist ein Riese, der mich anschaut. Dann streckt er seine Hand herein und greift nach mir und ich kann nicht fliehen.

Er holt mich heraus und ich liege wie gelähmt in seiner Hand, und er schaut mich mit seinen riesigen blauen Augen an. Dann stellt er mich wieder zurück.«

»Wie schrecklich, Miss White. Passiert das oft?«

»Immer öfter. Zuletzt geschah es vor einer Stunde. Deshalb konnte ich nicht das Essen richten.«

»Sie sollten vielleicht einen Arzt aufsuchen? Ich bin sicher, Mr. Black kann einen empfehlen.«

»Nein, nein, das möchte ich nicht. Verstehen Sie, es ist nicht nur schrecklich. Ich sehne mich auch oft von hier weg, aber ich weiß nicht, wie ich wegkommen soll. Ich fühle mich an Mr. Black gebunden.«

»Inwiefern?«

»Ich sollte gehen, aber es ist nicht so einfach. Oh, das müßten Sie doch verstehen. Sie haben bestimmt wichtigere Dinge zu tun, als in der Tür zur Bibliothek zu stehen und ihn den ganzen Tag anzustarren. Aber Sie stehen dennoch dort, nicht wahr? Ich habe mir oft gewünscht, daß eine große Hand mich aus all dem herausholen würde, und wenn dieses Wunder nun geschieht, dann sollte ich es dankbar annehmen, meinen Sie nicht auch? Er tut mir nicht weh, der große blonde Mann. Und bei jedem Mal habe ich das Gefühl, daß er etwas kleiner ist und ich ein wenig größer.«

»Ich kann Ihnen nur einen guten Rat geben, Miss White, und der ist, mit dem Kochen zu beginnen«, sagte ich nüchtern und verließ die Küche.

Kurze Zeit später stand sie mit einer Platte Kalbskoteletts im Eßzimmer, ihre Haare unter der weißen Haube waren sorgfältig gekämmt und die Augen nur wenig gerötet. Sie bediente uns mit sicheren kontrollierten Bewegungen, und als Mr. Black sie mit einem zufriedenen Nicken wegschickte, knickste sie, drehte uns den Rükken zu und öffnete eines der hohen gotischen Doppelfenster. Bevor wir sie bremsen konnten, kletterte sie auf den hohen Hocker neben dem Fenster, den sie zum Abstauben der Kranzgesimse benutzte, stieg auf das Fensterbrett und stürzte sich hinaus.

Ich stand vom Tisch auf und eilte zum Fenster.

»Nein, schau nicht hin!« rief Mr. Black hinter mir.

Aber ich sah kein blutiges Straßenpflaster und keinen zerschlagenen Körper, sondern ich blickte in ein großes Wohnzimmer. Torsten saß im Sessel und auf dem Sofa lag Miss White. Sie war mit dem grauen Plaid zugedeckt, das wir in Irland gekauft hatten.

»Ich habe dich zugedeckt, du schienst zu frieren«, sagte Torsten und neigte sich zu ihr vor.

»Danke«, flüsterte sie.

»Wie fühlst du dich?«

»Ein bißchen durcheinander, aber sonst ganz gut. Ich hätte nie geglaubt, daß ich mich traue.«

Er setzte sich zu ihr aufs Sofa und nahm ihre Hand in seine.

»Ich bin froh, daß du dich getraut hast. Bist du sicher, daß du es nicht bereuen wirst?«

Sie schüttelte den Kopf. Ich sah sie zum ersten Mal ohne die Haube. Der Knoten hatte sich gelöst, und einzelne Strähnen fielen ihr ins Gesicht.

»Wie schön du bist«, sagte er. »Aber jetzt kannst du diese dumme Schürze ausziehen. Oben gibt es jede Menge schöne Kleider. Komm, ich zeig sie dir.«

Er nahm sie bei der Hand und zog sie mit sich. Ich hörte ihre raschen Schritte, dann war das Wohnzimmer leer.

Ich drehte mich um, und Mr. Black schloß mich in die Arme.

Seither ist Miss White nicht mehr zu uns zurückgekehrt. Die einzige Spur von ihr war die weiße gestärkte

Haube, die der Bote des Fischgeschäfts auf der Straße fand und uns brachte. Ich glaube, es war so am besten. Dann haben wir geheiratet und neue Dienstboten angestellt.

Es gibt Situationen, wenn ich nach einem Streit mit meinem Mann erregt bin oder wie vor ein paar Tagen, als ich beim Arzt war und den Bescheid bekommen habe, der mich überglücklich machte, in solchen Situationen, wenn meine Sinne besonders empfindlich sind, dann sehe ich vor dem Fenster das große Wohnzimmer. Und ich sehe Miss White in meinem weiten Hemdblusenkleid herumlaufen. Und ich weiß, warum sie es trägt und warum sie die Angorawolle aus meinem Strickkorb geholt hat. Hübsche kleine Sachen entstehen da. Ich verwahre diese Bilder in meinem Herzen und spreche mit niemandem darüber.

Mein Mann war natürlich auch glücklich über den Bescheid des Doktors. Ich habe das Kinderzimmer putzen lassen. Gerade war ich drinnen und habe das Zimmer zum ersten Mal richtig angeschaut. Es wäre nett, wenn es ein Mädchen würde, denn es gibt da so eine hübsche Puppenstube. Voller Möbel und Sachen und mit wunderbaren kleinen Puppen. Im Salon steht ein Butler, in der Küche zwei Köchinnen und am Tisch im Eßzimmer sitzt eine kleine dunkelhaarige Frau mit drei hübschen dunkelhaarigen Kindern.

Honigmond

Tante Kathleen ist die einzige Frau, die ich jemals habe küssen können, ohne dabei auch nur einen einzigen Gedanken im Kopf zu haben.

Sie forderte weder Gehorsam noch gutes Benehmen von mir, denn sie war nicht meine Mutter. Sie forderte kein romantisches Werben und keine erotischen Annäherungen, denn ich war ein Kind. Ich war ein Statist in ihrem Leben, in dem mein Onkel zu diesem Zeitpunkt eine der Hauptrollen spielte.

Wenn ich die Augen schließe und mich an meine Kindheit erinnere, sehe ich lediglich einen unscharfen Schwarzweißfilm, in dem die immer selben Bilder wiederkehren und sich die Menschen langsam und geruchlos bewegen, wie in einem Traum, aus dem man sich erst wieder hochkämpfen muß. Das gilt für den kompletten Zeitabschnitt von, sagen wir, fünfzehn, sechzehn Lebensjahren bis zurück zum Alter von sieben Jahren. Und darunter ist es dunkel. Ein vollkommen schwarzes, tiefes Loch.

Aber irgendwo auf dem Grund schimmert und glänzt etwas. Es ist ein Ozeandampfer. Er gleitet durch die warme Nacht. Wir erahnen ihn an der Hafeneinfahrt wie ein glitzerndes Schmuckstück. Und er kommt immer näher. Er schreitet an den ganzen schmutzigen, schlummernden Lastschiffen im Göteborger Hafen vorbei. Oberhalb des schwarzen Wassers bahnt er sich einen

Weg aus Licht, das Myriaden von Lampen erzeugen. Musik dringt aus seinem Inneren. Das Fahrzeug wächst, wird höher. Hoch oben in der Nacht stehen Menschen und winken über die Reling hinweg. Der Dampfer ist ein Koloß. Ich werde vom Unsagbaren geblendet. Ich bin fünf Jahre alt.

Dann öffnet sich das Schiff, und über den Landungssteg strömen Menschen zum Kai hinab. Sie sind alle braungebrannt, gesund und schön gekleidet.

Wir waren gekommen, um meinen Onkel mütterlicherseits und seine frischgebackene Frau abzuholen, die mit einem Kreuzfahrtschiff aus Amerika angereist waren. Es waren ihre Flitterwochen, und sie hatten verschiedene Orte am Mittelmeer besucht, ehe das Schiff an Europas Westküste entlanggefahren war und nun in Göteborg angelegt hatte, um dann die Reise zu den norwegischen Fjorden fortzusetzen, ehe es nach Amerika zurückkehren sollte. Mein Onkel und Tante Kathleen verließen die Kreuzfahrt hier in Göteborg, um einige Wochen bei uns zu bleiben. Anschließend fuhren sie nach Stockholm, wo mein Onkel einige Geschäftskontakte zu pflegen hatte, und reisten dann mit dem Flugzeug nach Amerika zurück.

Es war August. Den ganzen Sommer hatte es geregnet. Aber vor einigen Tagen war die Wärme gekommen, als wäre es eigens für diese Menschen. Damit sie, die sich an die lieblichen Nächte des Südens gewöhnt hatten, in ihrer dünnen Sommerkleidung über den Landungssteg gehen könnten, ohne zu frieren.

Wie die Engel in Jakobs Traum stiegen sie zu uns

hinab, darunter auch mein Onkel und Tante Kathleen. Mein Onkel mit dunkel gewelltem Haar und roten Bäckchen. Sein Lächeln war so breit wie der Kühlergrill der amerikanischen Schlitten, die er verkaufte, und er umarmte uns alle drei.

An seiner Seite stand Kathleen. Sie war in Weiß gekleidet. Sie trug ein weißes Kostüm mit geraden Schultern, einen kleinen weißen Hut mit Schleier, hochhackige Schuhe, ebenfalls weiß, und sie hatte blonde Haare, die irgendwie glänzend und metallisch wirkten. Ihre Strümpfe dagegen waren schwarz, aber so dünn, als wäre bloß zufälligerweise ein Schatten auf ihre Beine gefallen. Eine Art kleiner Noppen war in die Strümpfe eingewebt, und ich fand, daß sie Fliegen ähnelten, die auf ihr gelandet waren. Ich betrachtete häufig ihre Beine, vielleicht weil ich mich auf Augenhöhe mit ihnen befand. Meine Mama trug keine Nylonstrümpfe und keine hochhackigen Schuhe. Sie verwandelten Frauenbeine in eine ganz andere Sorte von Beinen – oder vielleicht gerade in Frauenbeine –, und mein geringes Alter erlaubte mir, dieses Phänomen in den folgenden Wochen ausgiebig zu studieren.

Dann beugte sie sich zu mir herab, und ihr Duft strömte meinen Nasenlöchern entgegen. Sie sprach in einer fremden Sprache und mit rotgeschminktem Mund zu mir.

Wir spürten den Druck des lachenden, rufenden Menschenstroms. Wie er sich um uns herum teilte und zu den wartenden Taxis weiterlief. Zwei kurzgeschorene Männer in weißen Jacken mit goldenen Kordeln auf den

Schultern trugen die Taschen von meinem Onkel und Tante Kathleen den Landungssteg herab, und wir gingen zu einer dunklen Straße zwischen hohen Häusern, wo Papa seinen Volkswagen geparkt hatte.

Ich saß auf dem Rücksitz zwischen Mama und Tante Kathleen, berauscht vor Müdigkeit. Die Uhrzeit, zu der ich sonst schlafen ging, war längst vorbei. Ich lehnte mich an Tante Kathleens weißes Kostüm und atmete dessen Reinheit ein. Neonlichter wurden ins Auto geworfen. Rot, gelb, grün, rosa. Kurze Lichtblicke, gefolgt von Dunkelheit. Ich schlief an Kathleens Arm ein. Selbst im Schlaf war sich irgendeiner meiner Sinne tief in mir ihrer Anwesenheit selig bewußt.

Mama und Papa und mein Onkel wollten Tante Kathleen alles Schöne und Unterhaltsame dieser Gegend zeigen. Wir machten Ausflüge zu allen möglichen Orten, und abends gingen wir ins Restaurant.

»Herrgott, wer soll sich nur um das Kind kümmern?« meinte Mama. Aber es gab keinen geeigneten Babysitter, weshalb ich überallhin mitkommen durfte. Ich kam immer später ins Bett und bewegte mich mehr als je zuvor in meinem Leben draußen in der Dunkelheit.

Die Nächte waren lau. Die Nadelspitzen der Sterne perforierten den Himmel, doch der Mond war sanft und rund und hatte eine ganz besonders warme Farbe. Am Rand war er ein bißchen eingedellt, als wäre jemand dort oben gewesen und hätte von ihm gekostet.

Mama ermahnte mich, nicht so an Tante Kathleen zu klammern und sie und meinen Onkel im Gästezimmer in Ruhe zu lassen. Aber ich hatte mich in Kathleen verliebt und hielt mich in ihrer Nähe auf, sooft sich die Möglichkeit ergab.

Ich konnte stundenlang an einem Türrahmen stehen und sie beobachten. Ihr Mund machte andere Bewegungen als schwedische Münder. Er dehnte und schürzte sich, und ihre S-Laute summten so pikant, als hätte sie eine kleine Hummel hinter den schönen Lippen versteckt.

Die Dinge, mit denen sie sich umgab, waren ausgesucht und teuer, genau wie sie selbst. So hatte sie zum Beispiel einen kleinen, schmalen Goldstift mit einer Rosenknospe am einen Ende. Sie besaß eine rosafarbene Puderdose in Form einer Auster, die mit einem verheißungsvollen Klicken aufsprang, und das Puder darin sah so matt und lecker aus, daß ich es am liebsten gegessen hätte. Auf der Innenseite des Deckels befand sich ein kleiner Spiegel, und zwischendurch, mehrmals am Tag, öffnete Kathleen ihre Auster und trug mit einem Gegenstand, der dem Schwanz eines kleinen weißen Hasen ähnelte, Puder auf, während der Spiegel tanzende Sonnenreflexe auf Wände und Café-Mobiliar warf. Sie hatte auch weiße Handschuhe, ein Zigarettenetui mit Perlmuttmosaik und ein Feuerzeug aus Silber.

Ihre Nase bog sich zur Seite, wenn man die Wange dagegendrückte. Das Lachen, das zwischen ihren Zähnen hervorströmte, duftete nach Kinderbrei. Ich hatte geglaubt, daß sich die dünne Haut der Nylonstrümpfe weich anfühlen würde, und war verblüfft bis in die Tiefe meiner Seele, als meine Lippen sie als brennend rau empfanden.

Sie und mein Onkel küßten sich häufig und ungeniert. Das lag daran, daß sie ihren Honeymoon hatten.

Wir saßen gerade auf der Terrasse des Restaurants mit Meeresblick in Långedrag, als mir das Wort erklärt wurde. Eine Kellnerin schenkte mir aus einer Flasche mit zwei Weintrauben auf dem Etikett Traubenschorle ein, und die Kohlensäurebläschen prickelten angenehm auf der Zunge.

»Honeymoon«, sagte Mama, »bedeutet Flitterwochen.«

Ich ließ mich auf Kathleens Arm fallen und strich mit meiner Wange über ihre braune Haut. Flitterwochen. Ein verheißungsvolles Wort.

»Honeymoon«, sagte mein Onkel und legte seinen Arm um Kathleens Schultern. »Honeymoon bedeutet Honigmond. Nicht wahr?«

Ich blickte durch den Windschutz aus Plexiglas. Der Mond war ein Honigmond, der seine Süße ins Meer träufeln ließ.

»Honey«, sagte Kathleen und küßte meinen Onkel.

Und ich leckte das Salz ab, das die heutige Schwimmrunde auf ihrem Oberarm hinterlassen hatte, ohne daß sie es bemerkte.

Frühmorgens schlich ich mich ins Gästezimmer, wo sie übernachteten. Mama schlief und konnte mich nicht davon abhalten. Ich preßte mich zwischen ihre ineinander verschlungenen Körper. Sie waren widerwillig, aber ich war hartnäckig. Mir gelang es, einen Zwischenraum aufzustemmen, ich benutzte meinen Körper als Keil, Stück für Stück preßte ich mich hinab und sank schließlich auf den Grund der Spalte zwischen ihren Körpern. Mein Onkel war wütend, aber Kathleens Lachen rauschte in meinem Ohr. Ihr Haar war voller Metallspangen, und ihr ungeschminktes Gesicht sah aus wie das eines kleinen Mädchens. Ihr Hals war naß von den Küssen meines Onkels, und sie duftete mehr nach seinem Rasierwasser als nach ihrem eigenen Parfüm. Der verschwitzte Brustkorb meines Onkels hob und senkte sich. Er zog die Decke über uns. Hier unten hätte ich den Rest meines Lebens verbringen wollen.

Am nächsten Morgen, als ich lautlos ins Gästezimmer kam, sah ich den in die Rauten des seidenen Morgenmantels aufgeteilten Rücken meines Onkels. Über seiner Schulter stieg der Zigarettenrauch empor und vermengte sich mit den tanzenden Staubkörnern im hereinfallenden Sonnenstreifen. Tante Kathleen lag quer über dem Bett. Ihr Hintern glich einem Pfirsich. Sie weinte und sprach amerikanisch in die Matratze hinein. Keiner von ihnen bemerkte mich. Ich weiß noch, daß ich einen Flanellschlafanzug mit Autos trug, einen Schlafanzug mit Füßchen. Und ich sah auf meine Schlafanzugfüße hinab, und Tante Kathleen weinte, und ich ging davon.

Sie hatten eine Kamera, mit der sie spielten. Für mich war Fotografieren etwas Ernsthaftes. Es wurde zwar gelächelt, aber das Lächeln war aufgezwungen. Ab und zu gingen wir zum Fotografen und ließen uns in unserer schönsten Kleidung ablichten – Mama, Papa und ich. Ein Verwandter meines Vaters pflegte uns zu festlichen Anlässen zu fotografieren, alle mußten stillsitzen, und ich hatte Angst vor dem Blitz. Aber Kathleen und mein

Onkel knipsten jederzeit und beliebig drauflos. Mein Onkel hatte Filmrollen in der Sakkotasche und legte dann und wann einen neuen Film ein.

Auch ich durfte fotografieren. Als mein Onkel mir die Kamera um den Hals hängte, ging ich von dem Gewicht in die Knie. Wenn ich hinunterguckte, konnte ich in einem Fensterchen ein Bild sehen, das wie ein Foto aussah. Aber die Menschen bewegten sich. Es waren mein Onkel und Tante Kathleen, die sich auf einer Parkbank zusammendrängten. Ich drückte den Auslöser, und Kathleen rief »More, more«, und die Frau in der Kamera preßte ihre Wange an die des Mannes und lächelte, und ich drückte den Auslöser und transportierte den Film mit dem Hebelchen, wie mein Onkel es mir beigebracht hatte.

Es gab große Unterschiede zwischen meinem Onkel und Tante Kathleen und meinen Eltern. Damals verstand ich nicht, daß diese Unterschiede zu einem gewissen Teil in der Brieftasche meines Onkels begründet waren. Das Geld machte das Dasein mit ihm und Tante Kathleen leichter, fröhlicher. Wenn ich das Gebäck, das ich mir ausgesucht hatte, nicht mochte, lachten sie, und ich durfte mir ein neues bestellen. Es war nicht so schlimm, wenn etwas mißglückte. Es ließ sich immer zurechtrücken, noch einmal probieren. Die Brieftasche meines Onkels trennte mich ein paar Wochen lang beinahe völlig vom ständigen Begleiter meiner Kindheit, der Enttäuschung.

Tante Kathleen badete jeden Tag. Noch Jahre danach erinnerte meine Mutter sich daran, daß sie jeden Tag gebadet hatte. Sie verschwendete heißes Wasser. Unser Heißwasser. Aber die Seife war ihre eigene. Und die Körperlotion und die Gesichtscreme und das Parfüm und alles andere, was sie so verschwenderisch benutzte. Sie ging in einem aprikosenfarbenen Morgenmantel und mit einem Handtuch als Turban umher. »Und das am helllichten Vormittag.« Wie eine einzige große feuchte Seife lief sie am hellichten Vormittag durchs Haus: aus dem dampfigen Badezimmer, wo sie Wasserspuren auf dem Fußboden hinterlassen hatte, zu Mama in die Küche und hinaus auf die Terrasse in die Sonne. Duftend, weich und rosa. Mama rümpfte die Nase, Papa sah in eine andere Richtung, ich holte ihre wunderbare Handtasche, und sie zeigte mir ein Foto von ihrem Foxterrier in Amerika. In einem Ort namens Greenville am Fluß mit dem witzigen Namen Mississippi.

Wir fuhren Taxi, und mein Onkel zahlte in Dollar. Mein Onkel lud mich zu lauter leckeren und amüsanten Dingen ein, aber über seinen Worten lag immer eine Art Schleier. Zu Papa sagte meine Mama, daß ihr Bruder ein schwacher Charakter sei. Zu meinem Onkel sagte sie: »Wann wirst du endlich erwachsen?«

Als wir eines Tages durch den Schloßwald spazierten, gingen wir zum Kaffeetrinken ins Restaurant Vita Bandet. Nur mein Onkel, Kathleen und ich. Kathleen durchquerte das Lokal, und ein paar Männer an einem Tisch riefen ihr irgendwas zu. Sie ging zu ihnen hinüber, redete mit ihnen und lachte laut. Mein Onkel sah zwar nicht hin, aber als wir wieder draußen waren und ein Stück über die Rasenflächen gegangen waren, zog er sie mit sich unter einen Baum. Er umfaßte ihre Oberarme, als wolle er sie umarmen. Kathleens Lippen öffneten sich. Zusammen mit ihr erwartete ich seinen Kuß. Ich stand draußen in der Sonne, und sie standen drinnen im grünen, schaukelnden Schatten.

Sein Schlag traf sie so plötzlich, daß ich aufschrie. Sie selbst schwieg. Ihr blonder Kopf wackelte unnatürlich hin und her, als müsse er gleich abfallen, wenn mein Onkel sie schüttelte. Sie versuchte ihm auszuweichen, aber er verdrehte ihr den Arm, und der Schmerz zwang sie, in einer unbequemen Stellung auszuharren, während er ihr sagte, was seiner Meinung nach gesagt werden mußte. Sein Zorn war eine ätzende, tödliche Flüssigkeit, die in einem Glasbehältnis ohne Risse eingeschlossen war. Als er fertig war, ließ er sie so plötzlich los, daß sie beinahe vornübergekippt wäre. Er fing sie auf. Half ihr auf die Füße. Mit dem Rücken zu ihr zündete er sich eine Zigarette an und rauchte ruhig, während Kathleen sich mit Papiertaschentuch, Spiegel und Puderdose zurechtmachte.

Dann faßte er sie leicht unter dem Arm, und sie traten hinaus auf den Rasen. Kathleens Wange glühte durch das Puder wie eine Rose, die in dünnes Seidenpapier eingewickelt wurde, und unterhalb des gepunkteten Blusenärmels konnte man die Spuren der Finger meines Onkels sehen. Aber sie ging gerade und ruckartig auf ihren hohen Absätzen voran. Mein Onkel blinzelte durch den Zigarettenrauch und fragte mich, ob wir Tante Kathleen die Hirsche oben auf dem Berg zeigen sollten.

Einmal waren wir zu einem Familienessen bei meinen

Großeltern in Lerum eingeladen. Ich weiß noch, wie mir versehentlich eine Scheibe Hefekranz auf den Boden fiel und ich mir nichts anmerken ließ. Es waren viele Menschen da. Mein Cousin und ich sollten in einem Zimmer mit vielen Kommoden und dunklen Tapeten und einer Chaiselongue spielen. Das einzig Lustige in dem Raum war ein kleiner Porzellanesel, der einen Wagen mit Blumen zog, aber den durfte man nicht anfassen, sondern nur angucken.

Ich gab gegenüber meinem Cousin damit an, daß Kathleen meine Tante sei, doch er meinte, daß sie auch seine Tante sei, was ja stimmte. Wir saßen nebeneinander auf der Chaiselongue und stritten uns, und um ihm zu zeigen, daß ich recht hatte, lief ich hinaus zu den Erwachsenen, die am Tisch Obst aßen, das sie mit schmalen Messerchen schälten und auf kleine glasierte Keramikteller legten. Kathleen saß mit übereinandergeschlagenen Beinen auf einem Stuhl und wippte gelangweilt mit dem Schuh, der nur noch halb auf ihrem Fuß saß. Ich stürmte zu ihr hinüber, legte meinen Kopf in ihren Schoß und umarmte ihren Körper, so fest ich konnte, um meinem Cousin und der ganzen Verwandtschaft zu demonstrieren, wie nahe wir uns standen. Kathleen strich mir übers Haar, und ich sah zu meinem Cousin hoch, der einige Meter von uns entfernt stehengeblieben war.

Er war zu groß, um sich so zu verhalten wie ich. Er hatte das Alter überschritten, in dem man sich solche Freiheiten herausnehmen konnte wie ich. Er war dem Kuschelalter entwachsen.

Ich glaube, daß er Kathleen, wie viele andere auch, gern auf meine kindliche Weise berührt hätte. Bald würde auch ich zu groß dafür sein. Dann würde ich viele Jahre warten müssen, ehe ich erneut mein Gesicht an den Körper einer Frau pressen und mich an ihrer Nähe berauschen konnte. Aber nie wieder auf dieselbe Art. Nicht so unkompliziert, ohne irgendwelche Erwartungen. Ohne einen Gedanken an die nächste Handlung.

Wir wurden wieder ins Zimmer gescheucht. Ich triumphierte. Mein Cousin wechselte rasch das Gesprächsthema, aber ich hatte den Neid in seinen Mundwinkeln gesehen, als ich meinen Kopf in Kathleens Schoß gelegt hatte.

Wo ist Tante Kathleen heute? Ich habe ausgerechnet, daß sie beinahe sechzig sein müßte. Vielleicht ist sie dick geworden von all den süßen Teilchen, die sie so liebte. Stark geschminkt, mit bläulichen Haaren und einer Brille mit Glitzerbügeln. Ihre Ehe mit meinem Onkel wurde allerdings nicht alt.

Meinen Onkel sehe ich manchmal auf dem Järntorget. Wir schämen uns zu sehr, als daß wir uns anmerken lassen würden, daß wir uns kennen. Nur einmal war er so benebelt, daß er wirklich nicht sah, wer ich war, und da erzählte er von seiner Zeit in Amerika und von den flotten Autos, die er verkaufte, und von der hübschen kleinen Frau, die er hatte. »You know«, sagte er am Ende eines jeden Satzes. Seine Poren dünsteten die Nebenprodukte des Alkohols aus, was sich mit dem allgemeinen Schmutzgestank seiner Kleider mischte, und ich hielt gleichgültig Ausschau nach der Straßenbahn. »Glaubst du mir nicht, glaubst du mir nicht!« rief er ganz verzweifelt. Er wandte sich an den nächsten und den übernächsten. Dabei war ich vermutlich der einzige, der ihm glaubte.

Der letzte Abend, den Tante Kathleen und mein Onkel bei uns verbrachten, war auch der letzte Abend, an dem der Vergnügungspark Liseberg in jenem Jahr geöffnet war. Die Wehmut des Spätsommers lag in der Luft und strömte ins Herz hinein. Viele Blumen in den Beeten waren bereits verblüht.

Im Sonnenuntergang traten wir durch das rosafarbene Märchenschloßportal. Die Achterbahn kletterte rasselnd empor und rauschte dann mit ihren schreienden Fahrgästen in den Abgrund hinab. Es roch nach Popcorn.

Wir schlenderten umher und schauten uns um, ohne mit irgendwas zu fahren. Als die Dämmerung kam, spielten Ronnie Hartley und sein Orchester »Persischer Markt«. Seine Ponyfransen flogen, als er dann und wann das Kinn von der Geige hob und die anderen Musiker mit dem Bogen dirigierte.

Wir standen vor dem Musikpavillon, bis es dunkel war. Papa legte den Arm um Mamas Schultern. Mein Onkel legte seinen Arm um Kathleens Schultern. Ronnie Hartley zwinkerte mir zu.

Dann spazierten wir weiter in den Park hinein. Irgend jemand hat mir mal erzählt, daß die Fahrgeschäfte abends schneller werden. Es sah tatsächlich so aus. Die Dunkelheit schien sowohl die Menschen als auch die Karussells anzustacheln. Geschrei und Gelächter wurden einen Ton höher gedreht, die Lampen blinkten, die Glücksradbesitzer riefen mit ihren durchdringenden, eigens für diesen Zweck geschulten Stimmen: »Bitte schön, setzen Sie jetzt, meine Freunde. Neue Einsätze bei Cuba Cabana.« Gejodel vom Restaurant Tirol, Leierkastenmusik aus weiter Ferne. Künstliche Fliegenpilze in den Grünanlagen, von unten mit Lampen erleuchtet. Wasserfälle in bläulichem Licht.

Und plötzlich verstummte alles. Der ganze Park erlosch.

Kadonk, ertönte der erste dumpfe Schuß. Piiioj, heulte es durch die Luft. Der eben noch so stille, unveränderbare Sternenhimmel schien von Irrsinn ergriffen. Die Planeten explodierten, vermehrten sich. Rote Sterne wurden in zischenden Bahnen aus ihrem detonierenden Zentrum durchs Weltall geschleudert. Sie wölbten sich, als wollten sie die Erde mit tausend Fingern ergreifen, und lösten sich in verglimmendem Staub und Rauchfetzen auf. Silberkometen schlugen Purzelbäume, so daß ihre Schwänze Spiralen zeichneten. Mit einem Dröhnen wurden enorme Fallschirme ausgeworfen. Das Universum stürzte auf meine Augen ein.

Ich warf mich an Tante Kathleen. Die Wärme ihres Körpers und ihr Duft stellten einen solchen Kontrast zu dem Unerhörten, Furchteinflößenden dort oben dar. Sie beugte sich über mich, und ich spürte, daß sie keine Angst hatte.

Ich hielt den verwirrenden Anblick aus und nahm den Schrecken in mich auf. Es kam mir so vor, als würde ich unter Gottes Nagel zerdrückt.

»Honey«, flüsterte Tante Kathleen ganz dicht bei mir. »Honey.«

Das nackte Mädchen

Ich beobachte meine Frau, wie sie sich zwischen Badezimmer und Schlafzimmer bewegt. Sie ist nackt, hat lediglich einen Handtuchturban um den Kopf drapiert, und sie bewegt sich, wie nackte Menschen sich eben bewegen, leicht vorgebeugt, vorsichtig, wachsam. Nicht aus Scham – außer mir, ihrem Mann, ist hier niemand –, sondern eher aus einer Art Verletzbarkeit heraus. Ohne Kleider sind Menschen so ungeschützt. Es ist, als wäre nicht nur der Körper, sondern auch die Seele entblößt, als kämen Geheimnisse an den Tag, deren Natur nicht einmal wir selbst kennen. Jetzt zieht sie sich schnell an, und als sie zu mir herüberkommt, hat sie einen ganz anderen Gesichtsausdruck. Sie ist wieder die alte. Ihr gewöhnliches, bekleidetes Ich.

Ich bin noch nie sonderlich gern nackt umhergestreift. FKK-Vereinen mit Nacktheit als Selbstzweck stehe ich skeptisch gegenüber. Und all die ach so fröhlichen gemeinsamen Saunabesuche. Das sei ganz natürlich, sagen sie. Nein, danke! In derartigen Situationen habe ich Menschen noch nie natürlich auftreten sehen.

Für den Höhlenmenschen war Nacktheit vielleicht etwas Natürliches. Ich bin jedoch überzeugt, daß jahrtausendelange Domestizierung die Erbmasse des Menschen verändert hat.

Selbstverständlich gibt es Ausnahmen. Eivor Evaldsson zum Beispiel.

Ich habe sie 1961 kennengelernt, als ich an der Universität Göteborg Philosophie studierte. Den Sommer hatte ich damals bei meinen Eltern in Vara verbracht, und als ich Ende August in meine kleine Bude im Studentenwohnheim zurückkehrte, kam mir das Gerücht zu Ohren, daß ein merkwürdiges Mädchen bei uns eingezogen sei. Das Zimmer ganz am Ende des Korridors war beträchtlich größer als die anderen, fast schon eine kleine Wohnung mit Toilette, Dusche und einer kleinen Kochnische. Dort wohnte entweder jemand, der sich diesen relativen Luxus leisten konnte, oder aber zwei Leute teilten sich das Appartement.

Im Sommer waren dort zwei Mädchen eingezogen. Die eine war völlig normal. Sie hieß Barbro und studierte Englisch.

Die andere hieß Eivor, studierte Literaturgeschichte und hatte die Gewohnheit, zu Hause nackt umherzulaufen.

Durch ihre Zimmergenossin wußten wir, daß sie sich, sobald sie zur Tür hereinkam, die Kleider vom Leib riß und dann splitterfasernackt war, bis sie die Wohnung wieder verlassen mußte.

Aufgrund der guten Ausstattung ihres Zimmers benutzte sie selten die gemeinschaftlichen Räume. Manchmal kam sie jedoch heraus, sah in ihr Postfach, telefonierte oder warf einen Blick in das Gemeinschaftsexemplar der »Göteborgs-Posten«. Dann trug sie eine Art baumwollene Kittelschürze, die ihr mehrere Nummern zu groß war. Sie trug diesen Kittel – wie ich später begriff – nicht um ihrer selbst willen, sondern aus Rücksicht auf uns Herren auf diesem Korridor. Schon auf dem Rückweg in ihr Zimmer knöpfte sie ihn wieder auf und legte ihn – laut ihrer Zimmergenossin – ab, sobald sie die Tür geschlossen hatte.

Drinnen büffelte sie für ihre Prüfungen, machte sich Frühstück, aß, schrieb Briefe – alles splitterfasernackt.

Sie war von Natur aus recht schweigsam. Sie grüßte mit einem kurzen Nicken und einem sanften Lächeln, aber ohne ein Wort.

In den ersten Tagen des Semesters saß die Bekleidete abends in der Küche und erzählte ausführlich und empört von den merkwürdigen Gewohnheiten ihrer Zimmergenossin. Anscheinend war sie unsere neugierigen Fragen jedoch bald leid und wurde mit ihren Auskünften zurückhaltender. Es versteht sich, daß die männlichen Bewohner des Korridors oft unter irgendeinem Vorwand das Zimmer der beiden Mädchen aufsuchten. Stets kam die Bekleidete an die Tür. Sie öffnete sie nur einen winzigen Spalt und weigerte sich strikt, jemanden einzulassen.

Das Gerücht über die Nackte verbreitete sich, und bald pilgerten Studenten aus ganz Göteborg zu uns.

Die Bekleidete wurde immer gereizter. Vermutlich war es ihr auch unangenehm, vor der gesamten Universität als »die Zimmergenossin der Nackten« dazustehen. Das klang zweideutig. Und auch ihr anderer Spitzname, »die Bekleidete«, war nicht so recht gelungen – als müßte die Tatsache, daß sie etwas anhatte, extra hervorgehoben werden. Daß sie Barbro hieß, hatten alle vergessen, und das ärgerte sie wahrscheinlich am meisten.

Sie versuchte ein anderes Zimmer zu bekommen, aber mitten im Semester war das unmöglich. Sie setzte sich abends nicht mehr in die Gemeinschaftsküche, und auf unsere Fragen reagierte sie kurz angebunden.

Die Nackte fragten wir nie etwas. Ihr sanftes Wesen strahlte Integrität und Unantastbarkeit aus. Ihr Haar war sehr blond, fast weiß. Sogar ihre Wimpern und Augenbrauen waren blond. Wenn sie die Küche betrat, verstummten wir alle. Wäre sie ein gewöhnlicheres Mädchen gewesen, hätte es meines Erachtens kein derartiges Trara um sie gegeben. Es muß die Verbindung aus ihrem rätselhaften Schweigen und der Feindseligkeit ihrer Zimmergenossin gewesen sein, die den Mythos gedeihen ließ.

Manche behaupteten, sie seien in dem Zimmer gewesen und hätten die Nackte gesehen. Ihre widersprüchlichen Angaben führten zur Bildung zweier Schulen: Die einen versicherten, sie habe Riesenbrüste, die anderen, sie sei total flachbusig. Die flüchtigen Besuche der Nackten in der Gemeinschaftsküche stützten keine der Theorien, dafür war ihr Baumwollkittel einfach zu groß und weit.

Ich für meine Person habe mich bei dieser Geschichte abwartend verhalten. Ich legte mich für mein Studium mächtig ins Zeug und gehörte nicht zu denen, die ständig zum Zimmer der beiden Mädchen rannten und dort anklopften. Ich fand das alles ein bißchen albern. Eine nackte Frau, na und? Wir waren schließlich keine kleinen Jungen mehr.

Eines Abends saß ich in meinem Zimmer und bereitete mich auf eine Prüfung vor. Ich vermißte mein Englischwörterbuch, und mir fiel ein, daß ich es einem Kommilitonen geliehen hatte, der gerade verreist war. Aber die Bekleidete studierte ja Englisch. Sie würde mir bestimmt ein Wörterbuch leihen.

»Nein«, fauchte sie durch den klitzekleinen Türspalt. »Ich brauche es selbst.«

Sie hatte ihr nach hinten gekämmtes braunes Haar mit einem Haarreif fixiert und trug einen Jumper und einen Rock mit Schottenkaros. Sie wirkte äußerst gereizt.

»Ach bitte, Berit, ich habe morgen eine Prüfung!« rief ich.

Doch meine unschuldige und durchaus seriöse Anfrage muß der Tropfen gewesen sein, der das Faß zum Überlaufen brachte. Eine Welle des Zorns schien über sie hereinzubrechen, und mit vor Entrüstung und unterdrückter Raserei bebender Stimme schrie sie: »Ich heiße Barbro, und ich habe es satt, daß mir alle über die Schulter spähen, während sie mit mir reden!«

»Entschuldige«, sagte ich. »Aber ich wollte wirklich nur ...«

»Genug jetzt! Es reicht. Hörst du, du widerliches Ferkel, es reicht!«

Das letzte kreischte sie unter Tränen, während sie mir eine schallende Ohrfeige gab.

Das Semester war schon weit fortgeschritten. Wir hatten alle eine arbeitsame Phase mit Abschlußprüfungen und nächtlicher Büffelei. Unsere Gehirne waren ausgelaugt, unsere Nerven zum Zerreißen gespannt. Für die

Bekleidete waren die störenden Besuche ein zusätzlicher Streßfaktor. Sie war ein begabtes und zielstrebiges Mädchen aus der Arbeiterklasse und hatte als erste in ihrer Familie das Abitur gemacht. Nun hatte sie einen jungen Mann aus einer vornehmen alten Göteborger Familie kennengelernt und wollte endlich ihr akademisches Examen ablegen. Plötzlich schien alles zunichte zu werden. Deshalb fand ich ihren Zusammenbruch überhaupt nicht seltsam und nahm ihr das Ganze nicht weiter übel, weder die Ohrfeige noch die Schimpfworte, die sie ausspuckte und die immer derber und roher wurden, je mehr sie in Wallung geriet.

Plötzlich wurde der Vorhang hinter ihr zur Seite geschoben, und dort stand sie, die Sagenumwobene.

Ich bemerkte sofort, daß sich beide Schulen geirrt hatten. Ihre Brüste waren klein und wohlgeformt und ihre Brustwarzen hellrosa wie Rosenknospen. Sie war rundlich, ohne dick zu sein, hatte einen leicht gewölbten, etwas kindlichen Bauch und darunter einen blonden Haarbusch.

»Worum geht's denn?« fragte sie.

»Ich wollte mir ein Englischwörterbuch ausleihen«, antwortete ich.

»In Ordnung. Du kannst meines haben. Komm rein«, sagte die Nackte und hielt mir den Vorhang auf.

So muß Ali Baba sich gefühlt haben, als sich ihm der Berg auftat, dachte ich. Die Einrichtung verriet, daß die beiden Mädchen nicht sonderlich gut miteinander auskamen. Zwei unterschiedliche Bücherregale standen als Raumteiler mitten im Zimmer. Auf der einen Seite bildeten die Möbel ein gedrängtes, aber sauberes Durcheinander. Auf der anderen Seite war es asketischer: ein Bett, ein Stuhl und ein Schreibtisch.

Die Nackte wies mich in den asketischen Bereich. Ich setzte mich aufs Bett, während sie ihr Bücherregal durchstöberte. Barbro schluchzte noch immer draußen im Flur.

»Laß sie einfach in Ruhe. Sie fängt sich bald wieder«, sagte die Nackte.

Sie sprach einen ausgeprägten und kernigen Dialekt aus Bohuslän. Ich fragte, woher sie komme, und sie nannte ein kleines Fischerdorf in Nordbohuslän. Ich war im Sommer mit dem Boot dort gewesen, und plötzlich saßen wir da und unterhielten uns über Bohuslän.

Die Nackte kochte Kaffee, den wir an ihrem Schreibtisch tranken. Sie holte ein Fotoalbum und zeigte mir Bilder von ihrem Elternhaus, einem malerischen Häuschen der Art, wofür Sommergäste heutzutage Millionen von Kronen bezahlen. Dann zeigte sie mir Fotos von ihrem Vater, ihrer Mutter, die schon tot war, und ihrem Verlobten, einem Fischer.

Sie zeigte mir auch ihre Studienlektüre und vertraute mir an, daß vor allem mittelalterliche Balladen sie begeisterten. Diese hätten ihr Interesse für Literaturgeschichte geweckt. Sie habe sich den ganzen Stoff des Gymnasiums per Fernkurs angeeignet und als Externe das Abitur abgelegt. Und nun sei sie das erste Semester an der Universität. Sie wisse noch nicht, was sie mal werden wolle.

»Vielleicht Professorin«, meinte sie nachdenklich.

Sie spülte die Kaffeetassen in der Kochnische, und ich trocknete ab. Barbro lag im Flur auf dem Fußboden und schlief, erschöpft von nächtelanger Prüfungsvorbereitung und ihrem heftigen Ausbruch. Wir deckten sie mit der Kittelschürze zu und nahmen unser Gespräch über Bohuslän und mittelalterliche Balladen wieder auf.

Wir verbrachten einen sehr netten Abend miteinander, und merkwürdigerweise vergaß ich darüber zwei Dinge, die ich nie geglaubt hatte, vergessen zu können: Ich vergaß, daß ich am nächsten Tag eine Prüfung hatte. Und ich vergaß, daß das Mädchen nackt war.

Ihre Nacktheit hatte nichts Herausforderndes, Verlegenes oder Keckes an sich. Sie war so schlicht und selbstverständlich wie Wasser.

Das fiel mir erst auf, als ich gehen wollte, und ich fragte quasi en passant: »Warum bist du nackt?«

»Ich vertrage keine Kleider. Die jucken so fürchterlich.« Ihre I-Laute klangen wie surrende Insekten. »Ich habe irgend etwas mit der Haut. Meine Mutter hatte das auch schon. Sie lief ebenfalls nackt im Haus herum.«

Konnte das wirklich sein? Konnte in den dreißiger, vierziger, fünfziger Jahren in diesem streng religiösen Milieu, wo alle alles über alle wußten, wo keine Abweichungen toleriert wurden, wo viele den einfachsten Schmuck für Sünde und einen gewöhnlichen Tanz für eine Eingebung des Bösen hielten, konnte eine Frau da nackt in ihrem Haus umhergelaufen sein?

»Was haben denn die Leute dazu gesagt?« fragte ich.

»Ach, die waren das gewohnt. Die wußten, daß sie so

war. Allerdings brauchten wir viel Holz im Winter, weil es in der Küche immer sehr warm sein mußte.«

Von diesem Abend an war ich oft bei Eivor und Barbro. Ja, für mich war Eivor nicht mehr »die Nackte« und Barbro damit auch nicht mehr »die Bekleidete«.

Im Sommersemester sollte Eivor eine Seminararbeit über ihre Balladen schreiben, und da sie es nicht gewohnt war, sich schriftlich auszudrücken, half ich ihr, sooft ich konnte.

Wir saßen nebeneinander an ihrem Schreibtisch. Sie roch ein bißchen süß und nach Honig, und wenn sie sich über ihren Block beugte, berührten ihre kleinen, weißen Brüste das Papier. Sie sahen aus wie aus Marzipan, dessen Spitzen in rosa Bonbonfarbe getaucht worden waren.

Ich habe in meinem Leben viele erotische Situationen erlebt. Nicht nur im Bett, auch in Hörsälen, in Bussen und Zügen, beim Essen und bei Telefongesprächen. Erotische Situationen ergeben sich überall zwischen vollständig bekleideten und angepaßten Menschen, die Luft vibriert zwischen ihnen, ohne Worte, ohne Berührungen.

Mit Eivor ergaben sich nie erotische Situationen. Vielleicht hätten sich welche ergeben, wenn sie ihre Blöße nur ein klein wenig bedeckt hätte oder wenn sie rot geworden wäre. So aber war ihr weißer Körper wie irgendeine Bekleidung. Das hört sich merkwürdig an. Aber so war es.

Seite an Seite schrieben wir an ihrer Seminararbeit.

Bald wurde auch ich von der Mystik dieser Balladen ergriffen, von ihrer dunklen Dramatik und ihren verblüffenden Kehrreimen. Eine nackte, junge Frau diese uralten Dichtungen in rhythmischem Bohusländialekt rezitieren zu hören war ein ganz besonderes Erlebnis. Ich beschloß, im nächsten Semester Literaturgeschichte zu studieren.

Wenn wir Mittwoch vormittags beide vorlesungsfrei hatten, ging ich schon morgens zu Eivor. Dann war sie meist frisch geduscht, und in ihrem blonden Haarbusch glitzerten Wassertropfen.

Hin und wieder trug sie Unterhosen, ein etwas altmodisches Modell, das ein Stückchen die Beine hinunterreichte. Ich fragte nie danach, aber nach einiger Zeit begriff ich, daß sie diese Hosen während ihrer Regel trug.

Manchmal begegnete ich ihr in der Unibibliothek. Bei diesen Gelegenheiten hatten wir uns erstaunlich wenig zu sagen. Eine seltsame Unbeholfenheit überkam uns beide. Eivor wand sich in den Sachen, die sie gezwungenermaßen trug, und kratzte sich diskret am Arm, und ich ließ den Blick umherschweifen. Wir wechselten ein paar konventionelle Phrasen und gingen schnell unserer Wege.

Wieder daheim in ihrem Zimmer, blühte sie in ihrer Nacktheit auf. Sie wurde gesprächig und spontan, ihre Bewegungen erhielten ihre Geschmeidigkeit zurück, und die Verlegenheit, die ich angesichts ihrer bekleideten Gestalt empfunden hatte, verschwand.

Nach einiger Zeit fand Barbro ein Zimmer in Vasastaden und zog um. Sie hatte sich mit dem jungen Mann aus der vornehmen alten Göteborger Familie verlobt und wollte eine Bleibe haben, wo er sie besuchen konnte, ohne daß sie sich schämen mußte. Die Stimmung wurde besser. Jetzt konnten wir uns in »Herr Olov und die Elfen« vertiefen, ohne von Barbros mißbilligenden Blikken und spöttischen Kommentaren gestört zu werden.

Eivor wurde für ihren Aufsatz sehr gelobt, und ich konnte mir durchaus ein Stück davon abschneiden. Schließlich hatte ich auf ihre Seminararbeit mehr Mühe verwandt als auf mein eigenes Studium.

Es wurde Sommer, und Eivor wollte in ihr kleines Fischerdorf in Bohuslän zurückfahren. Ich brachte sie in dem VW heim, den ich kurz zuvor gebraucht gekauft hatte. Eivors Vater empfing uns herzlich, und kurze Zeit später kam auch ihr Verlobter. Er trug einen Blaumann und sah genauso bohuslänisch aus wie sie: kleine hellblaue Augen und eine leicht rötliche Nasenspitze, allerdings war er dunkelhaarig statt blond. Er nahm die Mütze ab und reichte mir eine riesige, sonnenverbrannte Hand, an der noch ein paar Fischschuppen klebten. Er sagte, Eivor habe in ihren Briefen von mir geschrieben, und er dankte mir, daß ich ihr bei ihren Studien geholfen hatte.

»Wir freuen uns, daß sie gut vorankommt«, fügte ihr Vater hinzu.

Wir gingen in die kleine Kammer. Eivor zog sich aus und brachte das Kaffeetablett.

Dann saßen wir auf dem feinen Sofa und tranken Kaffee und aßen Hefekuchen: der Vater, der Verlobte, die nackte Eivor und ich.

Die Wanduhr tickte. Einzig die zarten Spitzengardinen und die üppigen Geranien schützten uns vor den Blicken der Passanten.

Die Männer erzählten vom Fischfang und von Leuten, die Eivor kannte. Sie hörte zu und nickte interessiert. Einmal verschüttete sie ein wenig Kaffee auf ihre linke Brust und wischte ihn mit einer Serviette ab.

Anschließend fuhren wir zu dem Haus, das der Verlobte gerade für Eivor und sich baute. Es war ein kleiner Ziegelbau am Ortsrand. Eivor trug ihre große Kittelschürze, die wie ein unruhiges Segel im Wind flatterte und wogte.

Auf der Felsplatte neben der Baustelle verabschiedete ich mich von ihr. Ich habe sie seitdem nicht mehr gesehen. Sie kehrte nicht an die Universität zurück. Ich bin immer noch dort.

Manchmal denke ich an sie, und ich frage mich, wie es ihr wohl geht. Ich versuche sie mir vorzustellen: eine fünfzigjährige Frau mit Hängebrüsten und Wülsten um die Taille, womöglich kleinen Schwangerschaftsnarben auf dem Bauch, Krampfadern in den Beinen. Ich versuche zu sehen, wie sie durch ihr Ziegelhaus geht, den Blaumann ihres Gatten in die Waschmaschine steckt, vor dem Fernseher sitzt und strickt, Fisch aus der geräumigen Kühltruhe nimmt.

Vielleicht wohnt sie gar nicht mehr dort. Ich habe ihr meine Doktorarbeit über die mittelalterliche Ballade geschickt, aber nie eine Antwort erhalten.

Es gibt ein Loch in der Wirklichkeit

Es begann in dem Winter, als wir nach Stockholm zogen.

Es war eine schöne alte Wohnung. Mitten in der Stadt, mit hohen Decken und Stuck im Empfangszimmer. Die Küche war groß und hell mit vielen schönen alten Schränken und einem Holzboden mit ausgetretenen breiten Dielen und schwarzen Ritzen dazwischen.

Von der Küche ab führte ein Gang, eine Art Anrichteraum, mit einem Geschirrschrank an der einen Wand und an der anderen mit einigen merkwürdigen Fenstern, die aussahen wie Kirchenfenster: Sie hatten Blatt- und Blumenmuster aus grünem oder rubinrotem Glas in Bleifassungen. Ganz oben waren die Fenster rund. Das Glas war so dick, daß man nicht durchsehen konnte. Aber auf dem Holzboden im Gang sahen die grünen Blätter und die einzelnen roten Blüten aus wie verlaufene Wasserfarbe. Und manchmal war ein besonderes grünes Licht im ganzen Gang. Man sah aus wie ein Märchenwesen – eine Elfe oder eine Meerjungfrau –, wenn man in diesem Licht stand.

Ich kann mich an diesen Gang so gut erinnern, weil ich die Mädchenkammer hatte und, wenn ich in meinem Bett lag, nach draußen auf die grünen und roten Holzdielen sehen konnte. Die Fenster konnte ich von da aus nicht sehen, deshalb war es besonders merkwürdig, das farbige Licht auf dem Boden und dem untersten Teil des Porzellanschranks zu sehen.

Es war dunkel in der Mädchenkammer. Ich hatte nur ein schmales Fenster, und davor war ein Blechdach mit einem Schornstein und einer Hauswand, die die Sonne abhielt. Ich weiß nicht, warum gerade ich das Mädchenzimmer hatte. Meine Schwester und mein Bruder hatten beide ihre großen, hellen Zimmer; mein Bruder hatte die Decke voll von seinen Modellflugzeugen, und meine Schwester hatte weiße Möbel und ein Regal mit Unmengen von winzig kleinen Nippesfiguren, die alle einen Namen hatten und jeden Tag abgestaubt wurden.

Ich wachte im Morgengrauen davon auf, daß Mutter die Teetassen aus dem Geschirrschrank nahm, und ich erinnere mich daran, daß ihre Arme hellgrün schimmerten und daß ihre Wellenfrisur schön glatt war, weil sich noch keine Haarsträhne aus den Spangen und Kämmen gelöst hatte.

Bereits am zweiten Tag in unserem neuen Zuhause lernte ich Fräulein Columbi kennen. Ich sah sie vom Küchenfenster aus, als ich und meine Schwester am Tisch saßen und Mau-Mau spielten. Wir hatten Mittag gegessen, und Mutter unterbrach uns einen Augenblick, um die Krümel und Fischgräten vom Wachstuch zu wischen. Dabei schaute ich zufällig auf die Straße hinunter.

Dort stand eine Frau mit einem riesengroßen Hut mit dunkellila Federn. Sie war schlank und trug schwarze Kleider, an einer Leine führte sie einen großen, langhaarigen Hund. Sie sah hoch zu unserem Fenster. Vielleicht hatte sie schon lange da gestanden und hinaufgeblickt. Der Wind wehte in den Federn und im Fell des Hundes.

Die Frau machte eine kleine Geste mit ihrer Hand, die in einem Handschuh steckte. Oder mißverstand ich das? Ich war so überrascht. Ich fand, daß ihre Geste eindeutig »komm« meinte.

Dann ging meine Mutter hin und zog die Rolläden herunter, obwohl es erst halb fünf war. Ich glaube nicht, daß Mutter die Frau da unten gesehen hat. Aber sicher bin ich mir da nicht.

Mutter zog einen Bogen Anziehpuppen hervor, den sie für meine Schwester gekauft hatte. Und so saßen wir alle drei und schnitten die Puppen aus. Meine Schwester vergaß immer die Halteklappen für die Kleider, wenn sie ausschnitt. Dann backten wir und tranken Kakao und aßen Hefeteilchen vor dem Kachelofen, und ich vergaß die Frau da unten völlig. Vater spielte Klavier. Meine kleine Schwester saß auf seinem einen Knie, mein Bruder lag auf dem Boden und bediente die Pedale, und Mutter drehte die Noten um und lachte.

Da überkam mich plötzlich so ein starkes Gefühl. Es war, als wäre ich ein Hund und jemand pfiff nach mir mit einer Hundepfeife. Ihr wißt, eine mit einem so hohen Ton, daß nur Hunde ihn hören können. Ich horchte sofort auf, aber meine Familie am Klavier hörte nichts. Ich wollte gerade sagen: »Habt ihr das Telephon gehört?« oder »Da ist doch jemand an der Tür«, aber ich wußte, daß es kein Läuten oder Klingeln gewesen war, das ich gehört hatte. Nichts dergleichen.

Da hallte es wieder durch die Luft. Diesmal stärker als zuvor, mahnend, ungeduldig. Meine Eltern und Geschwister sahen nicht so aus, als ob sie etwas gehört hätten.

Ich stand auf und ging in die Küche. Die saubere, polierte Spüle glänzte im Dunkeln. Ich ging zum Fenster und schob die Rolläden ein wenig hoch.

Unten im gelben Licht unter einer Straßenlaterne stand immer noch die Frau mit dem Federhut. Es hatte angefangen zu schneien. Der erste Schnee in diesem Jahr. Die Flocken tanzten im Licht um die Lampe. Der Hund hatte sich gesetzt, und beide sahen hinauf zum Küchenfenster, wo ich stand.

Die Frau machte wieder eine Geste, und der weiße Handschuh leuchtete vor ihrem schwarzen Mantel. Gleichzeitig zog sie mit der anderen Hand etwas Glänzendes aus ihrer Tasche und setzte es an den Mund. Es *war* eine Hundeflöte, was ich gehört hatte. Mit einem Mal überfiel mich wieder dieses Gefühl, und es kam mir fast so vor, als flöge etwas durch die Luft zu mir herauf. Wie eine dünne Angelschnur, die durchsichtig ist, aber dennoch ab und zu aufblinkt.

Nun warf sie den Kopf zurück, daß die Federn hüpften. Sie stampfte mit dem Fuß auf die Straße. Sie war böse. Das begriff ich, obwohl ich von dort oben ihr Gesicht unter dem Hut nicht erkennen konnte.

Ich konnte einfach nicht anders als hinunterzugehen. Ich nahm den Weg durch den Gang, vorbei an der Mädchenkammer und hinaus in die Diele. Ich stieg in die Schuhe, ohne sie über die Fersen zu ziehen oder die Schnürsenkel zu binden, und hängte den Mantel über die Schultern. So leise ich konnte, löste ich die Sicherheitskette und öffnete das Drehschloß. Ich wagte nicht, die Tür zu schließen, denn man konnte sie von außen nicht ohne Schlüssel öffnen, und ich wollte nicht klingeln. Ich lehnte die Tür nur an und lief die Treppe hinunter. Die Haustür wurde nicht vor zehn Uhr abgeschlossen.

Draußen war es kälter, als ich geglaubt hatte, aber mir war warm, weil ich den ganzen Abend am Kachelofen gesessen hatte. Nun sah ich, daß die Frau groß war. Je näher ich ihr kam, desto größer schien sie zu werden. Sie war genau an der Grenze dessen, was man als natürlich bezeichnen konnte. Wäre sie ein paar Zentimeter größer gewesen, glaube ich, hätte man sich gefürchtet und es für übernatürlich gehalten.

Das letzte Stück ging ich sehr, sehr langsam. Es war übrigens schwer zu gehen, weil ich die Schuhe nicht richtig anhatte.

Dann stand ich also vor ihr, und zum ersten Mal konnte ich ihre Augen unter dem Hut sehen. Sie waren mit Wimperntusche und Lidschatten geschminkt. Den Rest ihres Gesichts hatte sie mit einem Schal verdeckt, und ich sah, wie sich ihr Mund unter dem Stoff bewegte, als sie zu mir sprach.

»So, nun beliebt es also zu kommen«, sagte sie verärgert mit einer dunklen, ein wenig heiseren Stimme.

»Verzeihung«, antwortete ich, »aber ich habe Karten gespielt und gebacken und Teilchen gegessen. Ich wußte nicht, daß ich es war, auf die Sie gewartet haben.«

Sie schwieg, richtete den Blick auf mich und atmete tief durch, so daß der Schal über ihren Mund und ihre Nase hin- und herrutschte und vom Atem feucht wurde. Es war ein wunderschöner Seidenschal in Lila und Gold mit glänzenden Fransen.

Die Schneekristalle legten sich auf ihren Persianerkragen und glitzerten wie Sterne am Nachthimmel, bevor sie sich auflösten. Der Hund kniff die Augen zu schmalen, schrägen Schlitzen zusammen, so daß kein Schnee hineinkam.

»Du bist bestimmt ein gehorsames Mädchen«, fragte die Frau.

»Ja«, antwortete ich verwundert.

»Aber du gehorchst nur deiner lieben Mama und deinem lieben Papa, oder wie?«

»J ... ja«, murmelte ich verwirrt.

»Und mich kannst du im Schnee warten und frieren lassen, ohne daß es dich stört?«

»Bitte, bitte, seien Sie nicht böse auf mich. Ich darf eigentlich gar nicht herkommen. Mama und Papa wissen nicht, daß ich hier bin. Ich muß schnell wieder nach oben. Seien Sie doch so nett und sagen Sie mir, was Sie von mir wollen«, bat ich.

Nun wurde sie ein wenig sanfter.

»Ich dachte mir, daß du vielleicht eine Arbeit haben willst.«

»Bin ich denn dafür nicht zu jung?«, fragte ich erstaunt.

»Zu jung!«, schnaubte die Frau. »Ich kenne Mädchen und Jungen in deinem Alter, die schwer arbeiten und viele Sachen können, die du nicht kannst. Und das hier wirst du schon schaffen. Ich brauche jemanden, der auf meinen Hund aufpaßt.«

Ich sah den großen schwarzen Hund und wurde etwas unsicher. Die Frau zog streng an der Leine, als wolle sie ihn aufwecken.

»Er heißt Shanoo«, sagte sie. »Sag dem Mädchen Guten Tag, Shanoo!«

Der Hund streckte mir die Nase entgegen und schnüffelte an meiner Hand. Vorsichtig begann ich sein Fell zu streicheln, das vom geschmolzenen Schnee feucht war. Dann knurrte er leise und stellte die Ohren auf, und die Frau zerrte ihn mit der Leine zu sich.

»Ihr werdet euch schnell aneinander gewöhnen«, bestimmte sie knapp. »Ich hole dich morgen von der Schule ab, dann gehen wir zu mir nach Hause.«

»Sie wollen also, daß ich abends mit dem Hund ausgehe?«

»Ausgehen? Mein Hund haßt es auszugehen. Sieh nur, wie er unter dem bißchen Schnee und Wind leidet. Du sollst auf ihn in meiner Wohnung aufpassen.«

»Ach so«, antwortete ich.

»Du kannst dabei deine Hausaufgaben machen. Das kannst du übrigens auch deiner lieben Mama und deinem lieben Papa sagen, wenn sie wissen wollen, was du nach der Schule machst. Daß du bei einer Tante mit einem Hund deine Aufgaben machst.«

Der Wind frischte auf und packte den Hut der Frau, so daß sie ihn festhalten mußte. Sie bekam eine Menge Schnee ins Gesicht, blinzelte und zog eine Grimasse. Die Augenschminke löste sich langsam auf.

»Sag nicht, daß du bei Fräulein Columbi bist. Das ist unnötig. Dann bekommst du nur Probleme. Geh nun zu deiner lieben Mama und deinem lieben Papa«, sagte sie und lachte ein kurzes, unterkühltes Lachen.

Darauf zerrte sie an Shanoos Leine, wandte sich um,

schien fast vom Wind um die Ecke gefegt zu werden, und dann war sie weg.

Ich kämpfte mich im Gegenwind zurück zur Haustür. Ich hinterließ nasse Fußabdrücke auf dem Treppenbelag. Schon eine Etage unter uns hörte ich Papas Klavierspiel. Die Tür war immer noch so angelehnt, wie ich sie hinterlassen hatte, und ein warmer Lichtstrahl fiel ins dunkle Treppenhaus. Leise machte ich die Tür hinter mir zu, zog meinen Mantel aus und ging ins Wohnzimmer. Ich stellte mich neben Mutter und sang das Lied mit. Sie streckte ihre Hand aus, ohne mich anzusehen. Ihre Finger strichen über die Arme bis hinauf zu meinem Kopf.

»Du hast ja ganz nasses Haar«, sagte sie und wandte sich mit fragendem Blick zu mir um.

Ich wollte zuerst lügen, doch statt dessen sang ich nur noch lauter und schaute auf Vaters Hände, als hätte ich nichts gehört.

Am nächsten Tag dachte ich in der Schule unentwegt an Fräulein Columbi. Würde sie mich wirklich abholen? Ich wollte absolut nicht, daß sie an der Pforte stünde, an der die Mütter meine Klassenkameraden immer abholten. Die anderen Frauen würden ihr gerade bis zur Brust reichen, wenn überhaupt. Sie würde komisch aussehen.

Aber Fräulein Columbi stand nicht an der Pforte. Ich konnte sie nicht entdecken, als ich herauskam. So begann ich nach Hause zu gehen. Und dann sah ich sie plötzlich auf der anderen Straßenseite dicht an der

Hauswand. Später fiel mir auf, daß sie sich immer an Wände und Mauern hielt und es vermied, sich ins Menschengetümmel zu begeben, in dem sie alle um einen halben Meter überragt hätte.

Sie machte wieder diese kleine Geste mit der Hand, und ich ging über die Straße und folgte ihr. Sie blieb nicht einmal stehen. Sie ging nur mit langen, schnellen Schritten, und ich mußte laufen, um sie einzuholen.

»Und wie war es in der Schule heute?«, fragte sie, ohne mich anzusehen.

»Gut«, antwortete ich und merkte, daß ich den Anschluß verlieren würde, wenn ich mich nicht beeilte.

»Und die Lehrerin war nett, oder?«

»Ja sicher«, keuchte ich.

»Hast du viele wichtige Dinge gelernt?«, fuhr sie heiser fort.

»Ja, ja, natürlich.«

»So fragen dich doch sicher deine liebe Mama und dein lieber Papa?«

»Ja«, antwortete ich unsicher.

Sie eilte weiter mit ihren langen, stürmischen Schritten. Manchmal lief sie mir ganz einfach davon, wenn ich stehenblieb, um Luft zu holen, und ich sah, wie ihr Mantelsaum flatterte, wenn sie um die Ecke verschwand. Sie zog die Schultern nach vorne und hielt ihren hochgeschlagenen Persianerkragen fest. Der Schnee vom Abend zuvor hatte zu schmelzen begonnen und war nun grauer Matsch.

»Haben Sie Shanoo heute nicht dabei?«, fragte ich.

»Er geht bei einem solchen Matschwetter nicht aus. Er

sitzt jetzt zu Hause, und ich glaube, er findet es überhaupt nicht gut, daß du so langsam bist. Wir sollten schon längst zu Hause sein.«

»Ich habe nicht so lange Beine«, keuchte ich.

Sie wandte sich um und blickte mich durchdringend an.

»So lang wie? Lang wie was denn? Wie *meine* Beine, meinst du?«

Ich merkte später, daß sie sehr empfindlich war, was ihre Größe anging. Auch wenn sie gleichzeitig stolz darauf war, so groß zu sein, so tat sie doch alles, um kleiner zu wirken, wenn sie unter Leute kam.

»Du bist ganz schön naseweiß, du Göre. Haben deine liebe Mama und dein lieber Papa dir das beigebracht? Oder lernt ihr das in der Schule?«

Ich schwieg beschämt. Aber sie lief nun jedenfalls etwas langsamer.

»Jetzt sind wir da«, sagte sie plötzlich.

Wir standen vor einer Tür mit Glasfenstern. Das Licht dahinter war matt und gelblich, wie auf einer alten Photographie.

Fräulein Columbi zog einen Schlüssel aus der Manteltasche und schloß auf. Wir kamen in einen Flur mit Malereien an den Wänden und der Decke. Die Wandmalereien stellten eine Jagd dar. An der Decke gab es Blumen, Blattwerk und Bänder.

Ich lief hinter Fräulein Columbi her zum Aufzug. Es war ein sehr schöner Aufzug, ein richtiger Märchenkäfig, der mit einem surrenden, brummenden Geräusch zu uns heruntterglitt, nachdem Fräulein Columbi auf den Messingknopf gedrückt hatte.

Sie öffnete die Eisentür, schob die klirrende Aufzugstür zur Seite und befahl mir mit einem Kopfnicken, einzusteigen. Drinnen befand sich eine kleine, rote gepolsterte Bank, auf der man sitzen konnte. Hinter der Bank war eine Spiegelwand. Ansonsten bestanden die Wände aus Netzgittern, so daß man hinaussehen konnte.

Der Aufzug ging ungeheuer langsam. Ich fragte mich, warum wir nicht die Treppe genommen hatten. Fräulein Columbi war auffallend ungeduldig und schaute die ganze Zeit nach oben zur nächsten Etage. Die Etagen glitten vorbei mit schönen Doppeltüren, himmelblau lackiert mit glänzenden Messinggriffen und Briefkastenschlitzen.

Als der Aufzug stehenblieb, schob sie die Tür zur Seite und rauschte davon zu einer dieser blauen Türen, auf deren Namensschild »Columbi« stand.

Von drinnen hörte ich Hundegebell und sah, wie sich eine schwarze Nase durch den Briefkastenschlitz zu drücken versuchte.

Als Fräulein Columbi die Tür aufgeschlossen hatte, stürmte Shanoo heraus. Sie schob mich und den Hund vor sich her in die Wohnung und schlug die Tür zu.

»Endlich zu Hause«, stöhnte sie und tätschelte Shanoos Rücken.

In der Wohnung vollzog sich eine Verwandlung mit Fräulein Columbi. Sie war plötzlich ganz ruhig. Ihre Bewegungen wurden langsam, weich und fließend. Sie nahm den breitkrempigen Federhut ab und legte ihn auf einen seidenbezogenen Schemel. Sie knöpfte den Mantel auf und streckte sich.

Zum ersten Mal sah ich sie in ihrer ganzen Größe. Sie stand aufrecht da, den Kopf hoch erhoben und mit gesenkten Schultern. Wenn es eine moderne Wohnung gewesen wäre, hätte sie sich, glaube ich, den Kopf gestoßen. Ich hielt vor Schreck die Luft an. Sie war schön. Sie hatte rotes Haar, das zu einer schneckenartigen Frisur hochgesteckt war. Die geschminkten Augen waren in den Winkeln katzenhaft hinausgezogen, sie hatte reichlich Rouge, Lippenstift und Puder aufgetragen.

Eigentlich war sie viel zu sehr geschminkt, als daß man hätte sehen können, wie sie wirklich aussah. Aber in meinen kindlichen Augen war sie auf jeden Fall schön. Wenn auch nicht mehr ganz jung.

Sie betrachtete sich selbst in einem Spiegel mit Goldrahmen, der bis zur Decke hinaufreichte. Zunächst schaute sie kritisch, mit zusammengekniffenen Augen, auf ihr Spiegelbild, dann nickte sie bekräftigend und zufrieden. Sie richtete den Blick auf mich und lächelte über meine Verblüffung.

Im gleichen Augenblick hörte ich eine Stimme. Ich stutzte. Ich hatte langsam angefangen, mich an Fräulein Columbis dunkle Stimme von oben zu gewöhnen. Aber die Stimme, die ich jetzt hörte, war sehr hell und nasal und klang ganz nah.

Als ich meinen Kopf wandte, blickte ich geradewegs in ein rundes Chinesengesicht. Der Chinese war nicht größer als ich selbst. Seine Wangen waren frisch und rosig, aber ansonsten war seine Haut schneeweiß, so als wäre sie aus Marzipan. Oberhalb der hohen Wangenknochen hatte er zwei Schlitzaugen, die so schmal waren, daß ich meine Zweifel hatte, ob er überhaupt etwas sah. Das schwarze Haar war gescheitelt und naß gekämmt. Er trug einen himbeerroten Seidenfrack mit schwarzen Ärmelaufschlägen.

»Lin Yang, da bist du ja«, sagte Fräulein Columbi und ließ ihren Mantel bis auf ihre Beine hinabfallen, wo er von dem Chinesen aufgefangen und ihr abgenommen wurde.

Lin Yang streckte seine kleine, rundliche Hand nach meinem Mantel und meiner Mütze aus, und ich reichte ihm zögernd die Kleider.

Fräulein Columbi ging in ein Zimmer neben der Diele, und ich folgte ihr. Der Raum war mit altmodischen Plüschmöbeln, Palmen in Kübeln und verschnörkelten Lampen und Wandleuchten ausgestattet. Ein großer Flügel stand mitten im Zimmer, und die Fenster waren mit schweren, dunkelroten Vorhängen verhängt.

Fräulein Columbi ging weiter in das nächste Zimmer. Ich folgte ihr natürlich. Es war ein fast ebenso großer Raum, der allerdings spärlicher möbliert war. Geradeaus flackerte ein Feuer in einem riesengroßen offenen Kamin. Das Feuer war die einzige Lichtquelle im Zimmer.

Sie zog einen Stuhl vor und setzte sich so nah ans Feuer, wie sie nur konnte. Ich setzte mich auf den Boden, wie ich es auch zu Hause vor dem Kachelofen immer machte. Fräulein Columbi schüttelte sich, kreuzte die Arme und rieb sich mit den Händen über die Schultern.

»Ih, was für ein Wetter. Nun bin ich wieder zu lange draußen gewesen.«

»Schade, daß der Schnee nicht liegengeblieben ist. Aber das ist ja immer so mit dem ersten Schnee«, machte ich brav Konversation.

»Schnee«, schnaubte sie. »Das ist ja wohl das Schlimmste, was es gibt.«

Shanoo kam und legte sich ganz nah vor die Ofenplatte. Er erinnerte mich an den Grund meines Hierseins.

»Gehen Sie heute abend weg, Fräulein Columbi? Ich meine, weil ich ja auf Shanoo aufpassen soll?«

»Weggehen? Wieso weggehen? Ist das hier etwa nicht mein Zuhause?«, schnaubte sie wütend.

»Aber ich habe das so verstanden, daß ...«

»Ich setze heute keinen Fuß mehr vor die Tür. Und morgen kommst du alleine hierher. Ich stelle mich nicht noch einmal da hin, um auf dich zu warten.«

»Aber warum können Sie nicht selbst auf Ihren Hund aufpassen?«, fragte ich verwundert.

»Selbst auf Ihren Hund aufpassen«, ahmte sie mich mit einer verstellten, spröden Kinderstimme nach. »Deine liebe Mama und dein lieber Papa haben dir jedenfalls keine gute Erziehung zukommen lassen?«

Sie reichte mir eine Bürste.

»Hier. Du kannst ihn nun bürsten. Das mag er. Aber nicht zu sachte. Er ist kitzlig.«

Ich bürstete den Hund mit festen Strichen. Er hatte einen wunderbaren dicken Pelz, und es fielen keine Haare aus wie bei anderen Hunden, die ich einmal gebürstet hatte.

Als wir da so am Kamin saßen und dem Knistern des Feuers lauschten, eröffnete mir Fräulein Columbi, daß ich Unterricht bei ihr haben könne. Ohne zu wissen, um welchen Unterricht es sich handelte, antwortete ich mit ja.

Nach einer Weile ging ich nach Hause, weil ich meinen Eltern nichts davon gesagt hatte, daß ich weggehen wollte.

Am nächsten Tag sollte ich alleine zu Fräulein Columbi gehen. Ich glaubte nicht, daß ich das finden würde, denn ich konnte mich nicht daran erinnern, wie wir beim ersten Mal gegangen waren. Aber eigentlich mußte man nur gehen. An jeder Kreuzung wußte ich, welche Straße ich nehmen mußte. Ich fragte mich, ob ich nicht wieder diesen Ton hörte, den ich gehört hatte, als Fräulein Columbi unter unserem Küchenfenster gewartet hatte. Obwohl er längst nicht so durchdringend war.

Dann stand ich vor der Tür mit den Glasfenstern. Ich drückte die Klingel mit dem Namen Columbi, und der Türöffner surrte. Ich ging hinein und fuhr mit dem Aufzug hoch. Danach konnte ich mich nicht erinnern, welches Stockwerk ich gedrückt hatte, aber ich war richtig.

Lin Yang nahm mich in Empfang und kümmerte sich um meine Garderobe wie beim ersten Mal. Ich fragte mich, ob er vielleicht ein Zwerg sei. Aber sein Körper war wohlproportioniert und wendig.

Meine erste Stunde bei Fräulein Columbi war sehr einfach. Dumm, wie ich war, hatte ich ein Notenheft in meine Schultasche gesteckt, weil ich davon ausgegangen war, es handele sich um Klavierstunden. Oder vielleicht Ballettunterricht. Aber das Heft blieb in der Tasche.

Wir standen nur in dem Zimmer mit den Plüschmöbeln, und Fräulein Columbi nahm mich am Kinn und zwang mich hochzugucken und ihr in die Augen zu sehen – sie waren braun, wie ich erst jetzt feststellte.

»Das hier ist nun deine erste Lektion«, sagte sie langsam.

Sie war ganz ernst, und es war das erste Mal, daß sie nicht in diesem ironischen und gereizten Ton zu mir sprach.

»Hör genau zu. Du mußt dir das gut einprägen.«

Ich wollte mit ja antworten, aber sie hatte mein Kinn so fest im Griff, daß ich kaum den Mund öffnen konnte. Ihr Daumen und Zeigefinger waren wie eine Kneifzange. Aber meine Angst vor ihr ließ nach.

Dann formte sie mit ihren rotgeschminkten Lippen folgende Worte:

»Es gibt ein Loch in der Wirklichkeit.«

Ich stand so nahe bei ihr, daß ich ihren Kleiderstoff an meinem Hals spürte. Sie roch nach einem matt würzigen Parfüm. Es war, als stünde ich an einen Baumstamm gepreßt und blickte in die Krone. Das gleiche schwindelnde Gefühl.

»Sprich mir nach: Es gibt ein Loch in der Wirklichkeit.«

Sie lockerte den Griff um mein Kinn, so daß ich wiederholen konnte, was sie gesagt hatte.

»Das war das erste«, sagte sie und nickte. »Nun kommt das zweite: Nicht alles ist so, wie es zu sein scheint. Sprich mir nach.«

»Nicht alles ist so, wie es zu sein scheint«, wiederholte ich gehorsam.

»Gut. Behalte es in deinem Kopf.«

»Und weiter«, fragte ich.

»Nichts weiter für heute. Ich werde dir später noch viel mehr beibringen. Aber das ist das Wichtigste, was du jemals lernen kannst«, antwortete sie.

Ich setzte meine Lektionen bei Fräulein Columbi fort. Ich ging fast jeden Tag nach der Schule hin. Ich blieb nie lange. Wir saßen in ihrer großen Wohnung, und ich begann langsam, mehr und mehr zu lernen, genauso, wie sie es versprochen hatte.

Fräulein Columbi konnte einigermaßen gutgelaunt sein, wenn sie nur nicht ausgehen mußte. Sie verabscheute jedes Wetter. Sonnenschein, Regen, Schnee, Wind. Sie konnte es einfach nicht ausstehen, draußen zu sein. Was das anging, war ihr Shanoo sehr ähnlich. Aber wie alle Hunde war er gezwungen, ab und zu auszugehen. Ich ging mit ihm in einen Park ganz in der Nähe, und sobald wir wieder zur Tür hineinkamen, raste er zurück zum Kamin und kroch so nahe ans Feuer, daß ich befürchtete, er verbrenne sich sein Fell.

Von meinen Eltern sprach Fräulein Columbi immer als »deine liebe Mama und dein lieber Papa« in einem äußerst süßsauren Ton. Sie zog mich damit auf, daß ich gut in der Schule war, daß ich meine Aufgaben machen und daß ich nicht zu spät zum Essen nach Hause kommen wollte.

Sie verletzte mich oft, aber ich ließ es mir nicht anmerken. Ich begann mich mehr und mehr für das zu interessieren, was Fräulein Columbi zu lehren hatte.

Das Notenheft war immer dabei in der Tasche. Es war

schwer, Mutter zu erklären, wer Fräulein Columbi sei – das konnte ich mir selbst auch nicht erklären –, so daß ich ihr gesagt hatte, ich gehe zu einer Dame, die mir Unterricht gebe. Dafür führte ich ihren Hund aus. Das war schließlich nicht gelogen.

Es waren nur kleine, einfache, lustige Dinge, die ich anfangs lernte: Spiele und Reime, jonglieren mit bunten Bällen, aus Shanoos Fell Silbermünzen pflücken und aus meinem eigenen Haar Pailletten schütteln. Ich fuhr mit Pinsel und Farbe über eine Leinwand und malte Bilder, die so wunderschön waren, daß ich mich nicht satt daran sehen konnte und verzweifelt war, wenn die Farbe nach ein paar Minuten verblich und verschwand. Ich saß am Flügel und spielte, und danach war mir die Vorstellung ganz undenkbar, zu Hause das Notenheft zu nehmen und dort zu klimpern. Wir spielten ein Brettspiel, bei dem ich meine Gedanken aufs äußerste zusammennehmen mußte, um mich aus Fräulein Columbis Fallen zu retten.

Ja, ich lernte viel von Fräulein Columbi. Aber alles war Spiel. Ganz unschuldig. Ich begann mich danach zu sehnen, das zu lernen, was Fräulein Columbi mir für das neue Jahr versprochen hatte: zu fliegen.

In den Weihnachtsferien ging ich nicht zu Fräulein Columbi. Eigentlich war es schön, nicht dorthin zu gehen.

Ich mochte Weihnachten sehr gern. Mutter machte alles so schön in der Wohnung. Ich weiß noch, wie ich dastand und ihr dabei zusah, wie sie den Weihnachtsschmuck aufhängte, und ich dachte, daß es vielleicht die letzten Weihnachten sein würden, die so waren. Ich weiß nicht, warum ich so dachte. Aber alles war so wunderschön. Und gleichzeitig so wehmütig.

Es war mir sehr wichtig, an allen Vorbereitungen und Traditionen teilzuhaben. Als ich erfuhr, daß Vater und mein Bruder den Weihnachtsbaum schon alleine besorgt hatten, während meine Schwester und ich draußen waren und Ski liefen – da war ich so enttäuscht, daß ich weinte.

Die Pfefferkuchen machte ich so schön, wie es nur ging, und benutzte alle verschiedenen Förmchen: das Herz, den Stern, den Bock, den Weihnachtsmann, die alte Frau und den Tannenbaum. Ich wartete auf den Briefträger und nahm die Weihnachtskarten wie kostbare Gaben entgegen. Ich betrachtete lange die schönen Motive, las die Grüße der Verwandten und Freunde und drückte die Karten an meine Brust, bevor ich sie an Mutter oder Vater weitergab. Wenn Fräulein Columbi mich gesehen hätte, hätte sie gelacht.

Nachdem ich den Weihnachtsbaumkauf verpaßt hatte, ging ich nicht mehr weg. Ich blieb zu Hause, damit nichts mehr, was mit Weihnachten zu tun hatte, an mir vorbeiging. Ich wanderte herum und sah zu, daß alles so war, wie es sein sollte. Es war das erste Mal, daß wir Weihnachten in Stockholm feierten, ich paßte genau auf, daß Mutter nichts vergaß, nur weil wir woanders waren. Es war nicht selbstverständlich, wohin man die Sachen hängte und stellte. Aber ich half Mutter weiter, wenn sie unsicher war.

Das Weihnachtsessen aß ich langsam und ließ jeden Bissen auf der Zunge zergehen. Und als wir mit der Reisgrütze fertig waren, mußte ich darum bitten, noch eine Portion Heringssalat zu bekommen, weil ich vergessen hatte, wie er schmeckt.

Die Weihnachtsgeschenke lagen unter dem Tannenbaum in weißes Papier mit rotem Siegellack eingeschlagen. Vater machte das Licht aus und zündete die Kerzen am Baum an, eine nach der anderen. Mutter und meine Schwester spülten in der Küche. Vater zog mit dem Schlüssel die kleine Kapelle auf, die »Stille Nacht« spielte, und ging aus dem Zimmer.

Ich selbst ging zum Weihnachtsbaum. Der war so überirdisch schön mit seinen flackernden Lichtern. Kleine Engel mit lockigem Haar drehten sich langsam zwischen den Zweigen. Fröhliche, liebe Weihnachtsmänner schaukelten kaum merklich umher. Es war die Wärme der Lichter, die den Schmuck tanzen ließ. Die Kugeln waren rot und dunkelblau, golden und silbern. Vielleicht waren es die Kugeln, die am schönsten waren. Ja, die Kugeln waren am schönsten. Und die roten waren am allerschönsten.

Ich betrachtete eine Kugel, die ganz dicht vor meinen Augen hing. Sie war tief und leuchtend rot und blank wie ein Spiegel. Sie drehte und drehte sich, und ich konnte mich in ihr betrachten. Ich sah die Flamme einer Kerze, einen Tannenzweig, mein eigenes Gesicht und den ganzen Raum hinter mir mit den Wänden, dem Boden und der Decke. Alles war rund und rot und drehte sich langsam. Drehte sich wie die Erdkugel. Ich konnte jetzt auch Vater in dem runden Zimmer sehen. Und Mutter kam herein, den Arm um meine Schwester gelegt. Mein Bruder stand direkt hinter Mutter. Sie waren alle klein und komisch rund. Mein eigenes Gesicht war so ernst. Und die Kugel drehte sich weiter. Ich sah sie umherwirbeln, Mutter, Vater, meine Schwester und meinen Bruder, und es blitzte und funkelte wie Sternschnuppen in der Kugel. Und mit einem spröden Klirren zersprang sie ganz plötzlich. Am Ast hing nur noch ein dünner Metalldraht. Die roten Scherben lagen auf dem Boden.

»Aber was hast du denn gemacht?«, rief Mutter.

»Nichts«, antwortete ich.

Danach kümmerte ich mich nicht mehr um Weihnachten, sondern wartete nur noch darauf, daß es vorbei war und ich wieder zu Fräulein Columbi konnte.

Bei ihr zu Hause war es wie immer. Ich glaubte nicht, daß sie Weihnachten feierte. Mein Herz klopfte vor Freude und Aufregung, als ich Lin Yangs rotweißes Gesicht wiedersah, das einer reifen Frucht glich, Shanoo mit seinem schönen Fell und Fräulein Columbis königliche Gestalt.

Ich hoffte, daß sie es unterlassen würde, über meine Eltern und unser Weihnachtsfest herzuziehen. Und sie erwähnte nichts davon. Sie schien es fast vergessen zu haben, daß Weihnachten gewesen war.

Wir saßen vor dem Spiegel in ihrem Schlafzimmer, und sie zeigte mir, wie ich mein Haar ohne Spangen, Nadeln oder Haarbänder hochstecken konnte. Aber ich war beunruhigt, daß sie vergessen haben könnte, was sie mir vor Weihnachten versprochen hatte.

Dann begannen wir endlich mit den Lektionen, die ich so sehnsüchtig erwartet hatte. Es war bedeutend schwieriger als all das andere. Abend für Abend saß ich bei ihr und versuchte meinen Schwerpunkt von der Brust in den Bauch zu verlagern. Es schien ganz unmöglich zu sein. Es war, als klammerte sich etwas in meiner Brust fest, krampfhaft und krallend.

»Warum muß ich den Schwerpunkt senken«, fragte ich.

»Damit du dich nicht fürchtest. Wenn du nicht über diese Kunst verfügst, wird dein Schwerpunkt in den Hals hochfahren – das Herz wird dir bis zum Halse schlagen, wie man sagt –, und du wirst nie wieder herunterkommen. Oder es schlägt dir bis in den Kopf, und du gerätst in Panik«, erklärte Fräulein Columbi.

Ich versuchte, den Schwerpunkt fallen zu lassen, wie auf den Boden eines Brunnens, und ihn im Becken zu verankern. Aber er wollte sich nicht lösen.

Nach einem Monat hatte ich ihn langsam so weit, daß er losließ. Stück für Stück konnte ich ihn mit tiefen Atemzügen nach unten drücken. Aber immer wenn ich glaubte, es bald geschafft zu haben, zerstörte Fräulein Columbi alles. Sie erschreckte mich plötzlich damit, daß sie kleine, schrille Schreie ausstieß, mir einen kräftigen Stoß versetzte, neben meinem Ohr in die Hände klatschte oder etwas auf den Boden warf. Und dann war es, als ob sie mit einem Donnerschlag auf einen Kraftmesser, wie man ihn auf dem Rummel hat, gehauen hätte. Und der Schwerpunkt flog hinauf in die Brust oder den Hals, und ich mußte wieder von vorne anfangen.

Dann stand ich an einem Februartag auf dem Schulhof, ganz hinten an der Mauer. Dort wuchs eine Linde mit einem dicken Stamm, der dunkel war vor Nässe. Ich stand hinter diesem Stamm, hörte das Rauschen der Autos und die Schritte der Leute auf der anderen Mauerseite und sah über den Schulhof, der verlassen, mit zertretener Schneedecke dalag. Die letzten Schulkinder rannten in ihren roten und blauen Kleidern die Treppen hoch. Dann war der Hof leer, ohne jede Farbe. Der weiße Schnee, das graue Steingebäude, der Himmel grau in grau.

Es schneite ein wenig. Ganz kleine Schneeflocken, mit dem Auge kaum zu erkennen. Die Luft war trocken und geruchlos. Sie war nicht warm und nicht kalt. Die Schulglocke hatte vor ein paar Minuten geläutet, aber ich hatte den gellenden Laut immer noch im Ohr. Der neue Schnee legte sich über den alten, zusammengepreßten, grauen, den ich eben noch weiß genannt hatte, und über das Wirrwarr von Tausenden von Fußspuren.

Und ich ging hinaus auf den leeren Hof und senkte meinen Schwerpunkt. Der sank sofort nach unten. Ohne Mühe. Das hatte ich nicht einmal gewollt. Ich seufzte nur. Oder sprach mit mir selbst.

Er ging wie ein Lot zu Boden und legte sich im Becken zurecht. Genau da sollte er liegen, das fühlte ich. Ich war so glücklich und überrascht, daß ich den Schulhof verließ und sofort zu Fräulein Columbi stürmte, um ihr zu zeigen, was ich konnte.

Sie betrachtete mich mißtrauisch und wandte mir den Rücken zu, als wolle sie in ein anderes Zimmer gehen. Aber plötzlich drehte sie sich um und mit wenigen Schritten, so groß wie die eines Dreispringers, stand sie vor mir und stemmte sich mit aller Kraft gegen mich. Ich sah ihr Gesicht über mir, furchtbar, mit einer hochgezogenen Oberlippe wie ein Raubtier, bebenden Nüstern und einem wilden Glanz in den Augen. Die Hand mit den rotlackierten Nägeln traf mich im Zwerchfell. Ich spürte ihren Atem wie einen Windstoß, und das feixende Gesicht wurde plattgedrückt, als preßte es sich gegen eine Fensterscheibe. Der Stoß ins Zwerchfell tat weh. Aber er erschütterte mich nicht. Ich stand da, wo ich stand, und begegnete ihrem Blick und sah, wie sich ihre Gesichtszüge allmählich glätteten. Der Schwerpunkt lag immer noch im Becken.

Sie ging zu dem unentwegt prasselnden Kamin, setzte sich in einen Sessel und sah ins Feuer.

»Und wenn es ein Jaguar gewesen wäre, der dir an die Kehle gefahren wäre? Oder deine liebe Lehrerin, die dich auf den Flur hinausgeworfen hätte?«, fragte sie heiser.

»Ich weiß nicht, ob es das gleiche gewesen wäre. Ich hoffe es«, antwortete ich.

Sie schwieg, während sie mit einem Schürhaken im Feuer stocherte und ein paar Kohlestückchen zerhackte, um sie zum Glühen zu bringen.

»Wir werden sehen«, murmelte sie.

»Ich fühle mich leichter auf der Brust«, sagte ich. »Sie ist größer.«

»Es wurde aber auch Zeit. Dann können wir weitermachen. Aber versprich, daß du es mir sofort sagst, wenn sich der Schwerpunkt rührt. Dann brechen wir alles ab.«

Aber der Schwerpunkt schien sich nicht mehr zu rühren. Ich gewöhnte mich daran, ihn da unten zu haben. Mein Brustkorb war wir eine geräumige, luftige Kammer. Meine Schultern senkten sich, mein Hals richtete sich auf und mein Kinn rutschte in die Höhe. Ich begriff, daß ich früher viele meiner Muskeln dafür beansprucht hatte, daß sie den Schwerpunkt an der falschen Stelle festhielten.

Ich machte nun noch eine Weile weiter mit den Lektionen bei Fräulein Columbi. Es war schwer, weil ich nun alles, was mir früher so selbstverständlich gewesen war, ändern mußte: Wie ich atmen, wie ich meinen Körper empfinden, wie ich Abstände bemessen, wie ich hören und sehen sollte. Dinge, über die ich früher nie nachgedacht hatte. Nicht zu glauben, daß so etwas anders gehen könnte, als man es immer gemacht hat. Aber es geht. Das weiß ich jetzt. Und eigentlich ist es ganz leicht. Aber es gibt eine Art Schwelle, die sehr hoch ist. Eine Einsicht, die schwer zu erlangen ist. Aber wenn man es dann verstanden hat, ist es so leicht, daß man sich wundert, nicht von selbst darauf gekommen zu sein. Warum hat man die ganze Zeit alles so schwerfällig und umständlich gemacht? Warum sind die Menschen *immer* so schwerfällig und umständlich?

Und ich verstand, daß Fräulein Columbi mich die ganze Zeit eben wegen meiner Schwerfälligkeit aufgezogen hatte. Es war die Schwerfälligkeit, die sie so ungeduldig machte.

Aber eines Abends machte ich einen großen Fehler.

Ich war soeben von Fräulein Columbi nach Hause gekommen. Zu Hause hatten sie sich gestritten. In meinen Lektionen hatte ich gelernt, wie wichtig es war, meine Umgebung zu beobachten. Welche Spannungen es gibt. Ob es Unwillen, Verachtung, Widerstand oder Haß gibt. Wo die Sperren liegen, wo es freie Wege, Anhöhen, Täler und Gruben gibt – ja, eine Art Deutung der Stimmungslandschaft.

Ich kam also aus der frischen Winterkälte, warf meinen Mantel von mir, der plötzlich viel zu warm war, und ging ins Wohnzimmer. Mir war kochendheiß. Der Kachelofen hatte den ganzen Tag gebrannt, und es waren sicher dreißig Grad im Raum. Das war ungewöhnlich, denn ansonsten hatten wir nie mehr als neunzehn, zwanzig. Aber ich glaube nicht, daß das Mutter und Vater bewußt war.

Sie saßen sich am Eßtisch gegenüber. Ich fand mich überhaupt nicht mehr zurecht. Alles war ein einziges Chaos. Die gewohnten Bahnen waren weg. Die Luft aufgewühlt, niedergemacht, als wäre eine Herde von Wildbüffeln durchgezogen.

Ich blieb erschrocken stehen und sah mich um. Ich schlug die Hände vor das Gesicht und hielt mir die Augen zu. Ich murmelte »nein, nein, nein« und versuchte, alles mit anderen Gedanken zu überlagern.

»Aber, Liebes, was ist denn passiert?«, fragte Mutter, und ihre Stimme legte sich wie eine matte Haut über alles, wie ein Wind, der das Spiegelbild auf dem Wasser mit einem Stoß verwischen kann. Als Mutter verstummte, war alles wieder wie zuvor. Das Altbekannte erschien nun ebenso deutlich wie das Chaos, das ich eben gesehen hatte.

Mutter legte die Hand auf meine Stirn und sagte, daß ich Fieber habe. Ich mußte mich ausziehen und mich in das Mädchenzimmer legen. Mutter setzte sich auf meine Bettkante und machte die kleine Bettlampe an, deren Schirm aus einem blauen Regenschirm mit Sternen bestand und deren Fuß John Blund darstellte. Ich trank eine Tasse heiße Milch mit Honig, und Mutter fragte, was ich heute bei der Dame mit dem Hund gemacht hätte.

Es gibt Gelegenheiten, bei denen man sich erlauben muß, zu sehen, was man sehen will: dampfende gelbweiße Honigmilch, eine verschlissene Lakenspitze, die Hand der Mutter. Ich sah nur das, und deshalb fühlte ich mich so sicher, so voll von Vertrauen, daß ich anfing, von Fräulein Columbi, Shanoo und Lin Yang zu erzählen. Hinterher wußte ich, daß es nicht richtig war, was ich gesagt hatte. Von neuem erlebte ich, daß die altbekannten, geliebten Bahnen verschwanden. Nicht mit einem Aufstand, wie vorher im Wohnzimmer, sondern sie wurden abgeschnitten, weggewischt. Ich hatte Angst, wollte Mutters Hand an mein Gesicht drücken, aber sie lag schon nicht mehr auf dem Laken, und ich wurde ganz steif und hörte ihre energischen Worte.

Und Vater kam herein und machte die Deckenleuchte an, und als sie gegangen waren, verstand ich, daß nun Schluß war mit den Lektionen bei Fräulein Columbi.

Nach der Schule ging ich nur zu ihr, um Abschied zu nehmen und ihr für alles zu danken, was sie mir beigebracht hatte. Aber der Aufzug blieb auf der falschen Etage stehen. Ich ging die Treppen hinauf und hinunter und las alle Namen auf den Messingschildern an den himmelblauen Türen. Aber auf keinem stand Columbi. Unten an der Haustür schaute ich auf ihre Klingel. Da stand Cohlberg, nicht Columbi.

Als ich nach Hause kam, fühlte Mutter wieder meine Stirn, und ich merkte nun selbst, daß ich Fieber hatte. Ich wurde im Mädchenzimmer ins Bett gesteckt, und da lag ich nun und weinte unter der Decke, bis ich einschlief.

Am nächsten Abend musizierte die Familie im Wohnzimmer. Mein Bruder hatte vor kurzem begonnen, Geige zu spielen, und Vater spielte ein Stück auf dem Klavier so langsam, daß mein Bruder mitkam. Es war ein schrecklicher Mißklang, der beinahe die klaren Singstimmen meiner Mutter und meiner Schwester verschluckte.

Als ich in der Mädchenkammer lag, hörte ich plötzlich den Pfeifton von Fräulein Columbis Hundeflöte. Ich stand auf, schlich mich durch den Gang hinaus in die Küche und schaute hinunter zur Straße.

Sie stand an derselben Stelle wie beim ersten Mal, als ich sie gesehen hatte. Unter der Straßenlaterne kauernd, Shanoo ganz dicht neben sich. Wäre ich nicht krank gewesen, wäre ich zu ihr hinuntergelaufen. Statt dessen ging ich weg und schloß die Tür zwischen der Küche und dem Wohnzimmer. Ich bewegte mich sehr vorsichtig, weil die Holzdielen knarrten. Dann öffnete ich das Fenster und lehnte mich hinaus in die kalte, klare Nacht.

»Fräulein Columbi!«, rief ich, so laut ich mich traute.

Sie antwortete nicht. Aber sie hörte mich.

»Sind Sie umgezogen? Ich war bei Ihnen gestern, aber da war ... nichts.«

Daraufhin streckte sie sich in ihrer vollen Länge, was sie ansonsten nur zu Hause tat, setzte die Hände wie einen Trichter an den Mund und rief mit ihrer tiefen Stimme, so daß der Atem wie Rauch aus ihrem Mund stieg:

»Hast du es vergessen? Es gibt ein Loch in der Wirklichkeit! Was ist ein Loch? Nichts!«

Sie hatte so laut gerufen, daß Mutter es hörte, trotz des Klaviers, des Gesangs, der Geige und der geschlossenen Türen.

»Ist was los auf der Straße? Steh doch da nicht im Nachthemd herum, wenn du krank bist«, schimpfte sie und beeilte sich, das Fenster zu schließen.

Als sie sich nach dem Fensterhaken hinausbeugte, fanden sich da nur noch die Spuren von Füßen und Tatzen im Schnee unter der Straßenlaterne.

Ich ließ mich von Mutter ins Bett jagen. Und als sie mich zudeckte, dachte ich an das, was mir Fräulein Columbi zugerufen hatte: »Hast du es vergessen? Es gibt ein Loch in der Wirklichkeit. Was ist ein Loch? Nichts.«

Am nächsten Tag blieb ich von der Schule weg und verbrachte die Zeit im Bett. Sobald ich wach wurde, fühlte ich, daß ich nun richtig krank war. Die Umgebung war sanft und verschwommen, in Fieber gehüllt. Die Welt zog sich zusammen und paßte zwischen die Wände der Mädchenkammer. Sie reichte bis hinaus in den Gang zu den bunten Lichtflecken am Boden und am Geschirrschrank.

Ich lag in meinem Bett, das Mutter mit frischen, kühlen Laken bezogen hatte. Es war immer noch Morgen. Ich hatte gesagt, daß ich nicht zur Schule gehen kann, und wußte, daß ich hier den ganzen Tag liegen und mich ausruhen würde.

Im Gang sah ich Mutter die gespülten und abgetrockneten Teetassen und Untertassen in den Geschirrschrank räumen. Sie war so klein und schön, und ich fühlte, daß ich sie liebhatte und beschützen wollte. Ich wußte, wie ihre hellblaue Schürze duftete: frisch, als ob sie gerade vom Trocknen draußen in Sonne und Wind geholt worden wäre.

Als ich an Mutter dachte, wurde ich so glücklich. Und ich wurde glücklich, als ich an Fräulein Columbi dachte. Aber als ich an beide gleichzeitig dachte – an das lange Fräulein Columbi mit seinem schwarzen Mantel und dem stechenden Blick und an meine kleine, blonde Mutter in ihrer hellblauen Schürze –, da tat es furchtbar weh, und die Tränen stiegen mir in die Augen. Warum war das so?

Ich lag auch die folgenden Tage krank im Bett. Mutter kam mit Schlehensaft und Butterkeksen, und Vater kaufte mir Weintrauben. Und ich versuchte, genau so zu essen und zu trinken, wie ich Weihnachten gegessen hatte, langsam, jeden Bissen genießend. Aber das ging nicht mehr.

Ich hatte ihnen von Fräulein Columbi erzählt, und ich hatte geglaubt, daß sie mir dadurch näherkommen würden, so wie sie mir immer nähergekommen waren, wenn ich ihnen etwas erzählt hatte. Ich hatte geglaubt, daß Fräulein Columbi verschwinden würde, so wie Alpträume und Grübeleien verschwinden, wenn man von ihnen gesprochen hat.

Aber statt dessen war es so, daß Mutter und Vater in die Ferne rückten. Ich mußte es schon früher gewußt haben, an Weihnachten. Ich hatte es da schon geahnt. Am vierten Tag riefen sie den Arzt. Er riet meinen Eltern, mich liegen und viel trinken zu lassen.

Ich lag da und dachte nach und beobachtete meine Mutter, wie sie im Gang stand. Immer dann, wenn sie nicht wußte, daß ich sie ansah, war sie am allerschönsten. Ich fragte mich, was es wohl gewesen war, das vor ein paar Tagen die Luft im Wohnzimmer so aufgewühlt hatte. Ich wollte nicht, daß ihr irgend etwas Schlimmes zustieß.

Am sechsten Tag fanden sie, daß es mir etwas besser gehe. Meine Klassenlehrerin kam zu Besuch. Das war ein Schock. Niemand hatte mir etwas davon gesagt, daß sie mich überraschen wollte. Ich lag in einem wohligen Halbschlaf, und meine Gedanken hatten sich mit den geliebten Lichtflecken vereinigt. Die Schule gehörte zu einer völlig anderen Welt. Einer Welt, die ich seit Jahrhunderten nicht besucht hatte.

Und dann stand sie plötzlich da in der Tür und versperrte die Sicht auf den Gang. Sie hatte Zeichnungen von meinen Klassenkameraden dabei. Die Deckenlampe wurde angemacht, so daß mir die Augen brannten, und sie zeigte die Zeichnungen.

Die Mädchen hatten Prinzessinnen gemalt, die auf einem grünen horizontalen Grasstreifen standen, die Jungen Segelboote, die auf einer blauen Woge schwebten. Sie hatten Dreiecke als Segel und die schwedische Flagge auf der Mastspitze. Und sowohl über den Prinzessinnen als auch über den Segelbooten strahlte eine gelbe Sonne in der linken Ecke. Ich weiß nicht, ob die Lehrerin ihnen gesagt hatte, alle dasselbe zu zeichnen, oder ob sie das auch ohne sie gemacht hatten.

Die Lehrerin hatte mein Rechenbuch und -heft mitgebracht, damit ich nicht zurückbleiben sollte. Sie saß auf meiner Bettkante, las vor und zeigte auf die Zahlen, und ich hatte eine Unterlage auf den Knien, so daß ich in das Rechenheft schreiben konnte.

Aber ich verstand nichts. Die Lehrerin las immer wieder aufs neue, zeigte mir, wie es ging, schrieb in mein Rechenheft. Aber alles waren nur Worte und Zahlen ohne jede Bedeutung. Sie blätterte zurück und versuchte es mit leichteren Zahlen. Ich hörte, was sie sagte, aber ich hörte sie doch nicht. Mutter und Vater standen in der Tür und sahen mich besorgt an, und ich wünschte, daß sie der Lehrerin sagten, sie solle gehen. Aber das taten sie natürlich nicht.

Die Lehrerin packte die Rechenbücher weg, nahm ein Buch mit lustigen Erzählungen und las vor. Sie fragte mich etwas, aber ich konnte nicht antworten.

»Es ist vielleicht noch zu früh. Wir werden es an einem anderen Tag noch einmal versuchen«, sagte sie, bevor sie ging.

Dann sprach sie mit Mutter und Vater in der Küche.

Sie wollte am nächsten Tag wiederkommen und zwei Klassenkameraden mitbringen. Ich wußte, welche beiden sie meinte, und zerbrach mir den Kopf darüber, wie ich das verhindern könnte. Den ganzen Abend dachte ich darüber nach. Wenn ich Mutter und Vater bäte, nicht zu öffnen, wenn sie an der Tür klingelten? Wenn ich sie bäte zu sagen, die Lehrerin und die Mitschüler seien nicht willkommen? Nein. Fräulein Columbi hätte das gemacht. Aber nicht Mutter und Vater.

Je mehr ich darüber nachdachte, desto mehr gelangte ich zu der Überzeugung, daß ich meine Lehrerin und die Klassenkameraden am nächsten Tag nicht treffen konnte. Das Fieber stieg. Vater rief den Arzt an, aber der war nicht da.

Ich wachte früh auf am nächsten Morgen. Ich spürte kein Fieber. So konnte man sich morgens fühlen, das wußte ich, so als ob das Fieber ebenfalls nachts schlief und erst später wach wurde. Ich blieb regungslos liegen, um es nicht zu wecken. Aber ich war fieberfrei. Mein Verstand war klarer und kühler als je zuvor.

Ich lag da und sah, wie die bunten Lichtflecken immer deutlicher auf den Holzdielen hervorzutreten begannen. Mit einem Mal begriff ich, daß das, was wichtig für mich war als der Kern meines Lebens, anderen überhaupt nichts bedeutete. Die nächtliche Dunkelheit, die sich langsam in die Ecken und Winkel zurückzog, um dem grünen Licht im Gang Platz zu machen. Die Vollkommenheit der unerklärlich auftauchenden Eisblumen an der Fensterscheibe. Das wunderbare Glänzende, Rote, Runde einer Christbaumkugel. Das war nichts für die meisten. Und dennoch hatte ich geglaubt, daß sich alle darin einig waren, daß dies das Wichtigste war. Das Innerste. Daß das so klar war, daß man gerade darum nicht darüber sprach. Aber es war nur ich, die so dachte. Mutter und Vater dachten nicht so, obwohl ich das immer geglaubt hatte.

Und ich sah ein, daß ich unmöglich wieder zur Schule gehen konnte. Ich war gesund. Aber dahin konnte ich nie mehr zurück. Hat schon mal jemand etwas von einem Kind gehört, das aufhört, zur Schule zu gehen? Ich hatte noch nie davon gehört. Sollte ich die erste sein? Nein, ich müßte auf jeden Fall hin. Und dann? Dann würde ich alles vergessen, was Fräulein Columbi mir beigebracht hatte. Ich wäre gezwungen, es zu vergessen. Ich müßte es verdrängen, um etwas anderes lernen zu können. Und dann? Endlose, graue Tage, ohne Lichtflekken und ohne Glanz.

Mit einem Mal erschien meine ganze Existenz, die Schule, mein Zuhause als eine undurchdringliche, trostlose Wand. Meine Eltern würden mir nicht hinaushelfen, weil sie selbst in diese Wände eingemauert waren.

Da erinnerte ich mich an Fräulein Columbis rufende Stimme von der verlassenen Straße: »Es gibt ein Loch in der Wirklichkeit.«

Und ich fühlte, wie mir mein Schwerpunkt im Bekken Halt gab und mein Brustkorb wie ein Segel aufgeblasen wurde. Der Nacken und die Füße wurden leicht. Versuchsweise machte ich eine kleine Bewegung, und wie ich gehofft hatte, hoben der obere und untere Teil des Körpers vom Bett ab. Ich drückte nach, und da war es, als packte etwas mich an Kopf und Füßen, und ich hing ein paar Dezimeter über dem Bett. Wie eine Hängematte, mit dem Schwerpunkt in der Mitte.

Das war ein großer Sieg, den ich endlich errungen hatte, und mein Körper brannte vor Eifer, noch mehr zu versuchen.

Ich sammelte Kraft. Dann drehte ich mich auf den Bauch und gleichzeitig empor in einem ansteigenden Winkel. Das Fenster war angelehnt. Durch den Spalt kam eine Windbö ins Zimmer. Wie eine Hand legte sie sich unter mich und fuhr durch das Fenster zurück. Und ich fuhr mit.

Draußen war es gerade hell geworden. Der Himmel war bedeckt, und es war nicht besonders kalt, obwohl auf den Dächern Schnee lag und ich nur ein Nachthemd anhatte. Ich war wie berauscht, glücklich und erstaunt, daß ich durch den schmalen Fensterspalt gekommen war. Unter mir lagen Dächer und Schornsteine.

Ich kam voran, indem ich die Füße leicht bewegte, wie im Wasser. Die Luft bot einen schwachen, elastischen und sehr angenehmen Widerstand. Ich umrundete das Haus und wagte nicht, nach unten zu blicken, denn jetzt hatte ich keine Dächer mehr unter mir, nur noch die Straße. Zum ersten Mal konnte ich mir die Fenster des Gangs von außen genau ansehen. Ich fand, daß das die schönste Seite war. Das Rot der Blüten glühte noch intensiver zwischen dem Grün, als ich es jemals gesehen hatte.

Ich flog weiter zum Küchenfenster. Vater saß am Tisch und las Zeitung. Mutter stand am Herd.

Ich klopfte vorsichtig an die Scheibe. Ich stellte mir ihre Verblüffung vor. Keiner von beiden hätte wohl geglaubt, daß ich so etwas könnte.

Sie hörten nicht. Dann klopfte ich noch einmal. Fester. Vater hob den Blick von der Zeitung und schaute hinaus. Ich machte eine triumphierende Wende in der Luft und lachte.

»Seht ihr«, rief ich.

Ich hatte erwartet, daß sie, wenn sie sich von der ersten Bestürzung erholt hätten, das Fenster weit öffnen würden und rufen: »Komm bloß herein, um alles in der Welt, komm schon!«

Aber Vaters Blick blieb ausdruckslos. Ich hätte genausogut ein Spatz sein können. Er wandte sich wieder seiner Zeitung zu.

Ich schlug nun mit aller Kraft an die Scheibe. Vater und Mutter sahen sich verstört an. Hörten sie mich? Sahen sie mich?

Vater trank seinen Tee aus, packte die Zeitung zusammen und ging. Mutter konnte ich nicht mehr sehen.

Schließlich gab ich auf. Ich flog vorsichtig einige Male an den Wohnungsfenstern entlang, bevor ich sie verließ und mich zum Dach begab.

Als ich hinunterblickte, entdeckte ich, daß die Bäume an der Straße langsam kleine Knospen an ihren schwarzen Zweigen bekamen. Ein Stück vor meiner Schule sah ich ein kleines Mädchen in Mantel und Mütze mit schweren Schritten voraneilen. Es trug eine karierte Schultasche über der Schulter. Ich empfand ein tiefes Gefühl für dieses Mädchen.

Der wandernde Koch

Es war ein ausgezeichnetes Ferienhäuschen. Das ganze Jahr über hatte Herr A. für diesen Urlaub gespart. Er legte seine Ausrüstung auf die Arbeitsfläche in der Küche. Er war gut vorbereitet. Er hatte sich in Bibliotheken und Antiquariaten die nötige Literatur beschafft. Den ganzen Winter über hatte er sich so gut wie jeden Abend mit dem Thema beschäftigt.

Draußen vor dem Fenster leuchtete blau der kleine See. Von einem Fels verlief ein Steg ins Wasser. An seiner landseitigen Verankerung lag eine Holzofensauna. Aber er hatte anderes zu tun, als in die Sauna zu gehen. Er hatte auch nicht vor, zum Angeln auf den See hinauszurudern – obwohl frisch gefangene Forellen wirklich eine Delikatesse waren. Das Häuschen war meilenweit von Tannenwald umgeben. Zum Ende des Urlaubs hin ließen sich darin vielleicht Pilze finden. Vorher hatte er in dem Wald nichts verloren.

Früher einmal hatte hier eine einsame Häuslerkate gelegen. Der Besitzer hatte den alten, mit Holz befeuerten Herd behalten. Im übrigen war das ganze Häuschen neu, groß und modern. Er schaltete den großen Kühlschrank und den dazugehörigen Frischhalteschrank ein, und ein leises Summen hob an. Er hielt nach der versprochenen Gefriertruhe Ausschau und fand sie in der Diele. Eine ordentliche Truhe, in der die Jäger ihre zerlegten Elche aufbewahren konnten. Er schaltete sie ein und ging wieder in die Küche. Ihm gefiel der Herd. Seinetwegen hatte er sich für dieses teure Häuschen entschieden. Es gab aber auch einen Elektroherd. Mit vier Kochplatten und zwei Backöfen.

Er zog die Küchenschubladen heraus, räumte die ganzen Kochutensilien in die tiefe Schublade ganz zuunterst und füllte die übrigen mit den Dingen, die er mitgebracht hatte. Dann machte er sich daran, den Kühlschrank und die Kühltruhe zu füllen. Die Bücher stellte er auf ein Regal im Wohnzimmer.

Als er alles ausgepackt und weggeräumt hatte, setzte er sich in einen Kiefernsessel mit breiten Armstützen und blickte in den leeren Kamin. Ein ausgezeichnetes Häuschen. Es gehörte einer Firma. Ein Häuschen, in dem Geschäftspartner bewirtet wurden. Deutsche Touristen mit fetten Brieftaschen pflegten sie als Jagdhütte zu mieten. Es gab reichlich Wild in der Gegend. Die Natur war schön. Im Sommer konnte man im See schwimmen und angeln. Im Winter gab es eine halbe Autostunde entfernt einen Skilift. Er hatte sich das Haus jedoch wegen seiner Küche ausgesucht. Und seiner Abgeschiedenheit. Hier umgab ihn die Ruhe, die er benötigte. Heute abend wollte er ausruhen, eine Tasse Bouillon trinken, ein belegtes Brot essen und früh zu Bett gehen. Morgen würde er anfangen.

Seine Arbeitskollegen im Büro behaupteten, Herr A. sei verrückt. Das stimmte vermutlich. Kulinarisch verrückt. Er war mit einem ungewöhnlich gut entwickelten Geschmackssinn auf die Welt gekommen.

Herr A. war alleinstehend. Frauen wurden seiner

immer überdrüssig. Was er für den Höhepunkt eines Abends hielt – das eigenhändig zubereitete Souper –, betrachteten diese nur als das Präludium. Ein Präludium, das ihnen große Hoffnungen einflößte. Die Zärtlichkeit, mit der er das Gemüse gekocht hatte (nie zu hart und nie zu weich), seine Sensibilität gegenüber den besonderen Eigenschaften aller Zutaten, seine Entschlossenheit, wenn er eine Sauce schlug, seine feine Zunge beim Abschmecken, die behutsame Behandlung des Kopfsalats, der nach dem Waschen in ein sauberes und frisch gebügeltes Küchentuch gehüllt und vorsichtig getrocknet wurde – all das war verheißungsvoll.

Aber für Herrn A. verlieh es dem Abend seine eigentliche Bedeutung. Der anschließende Liebesakt verlief rasch, nachlässig und unkonzentriert. Seine Sinne waren noch ganz von den Erlebnissen der Mahlzeit erfüllt. Das Liebesleben war für Herrn A. nur eine physische Notwendigkeit, eine Entleerung des Körpers, seinen übrigen Entleerungen gleichgestellt. Wenn ihm seine Gefährtin am nächsten Morgen einen kühlen Blick zuwarf, fragte er sich ängstlich, was er falsch gemacht hatte. War es die Sauce gewesen? Oder das Dessert? Er kam zu dem Schluß, daß es schwierig war, mit Frauen ein Souper zu genießen, und lud daraufhin nur noch Herren ein.

Trotz seines großen kulinarischen Interesses war Herr A. dünn, fast mager. Er aß kleine Portionen und kaute langsam. Völlerei fand er abgeschmackt. Sein schmächtiger Körperbau, sein kühles Verhältnis zu Frauen sowie die Soupers à deux mit Herren ließen gelegentlich den falschen Eindruck entstehen, Herr A. sei homosexuell.

In seinem letzten Urlaub hatte er an einer exklusiven Gourmetreise teilgenommen, die von einem Reisebüro in Paris veranstaltet worden war. Eine kleine Gruppe kulinarisch interessierter Leute war vier Wochen lang in arabischen Ländern herumgefahren und hatte sich in das Thema der Reise vertieft: »Kulinarische Kultur des Orients«.

Sie wohnten in erstklassigen Hotels, reisten in vollklimatisierten Limousinen, besuchten luxuriöse Restaurants und palastähnliche Privatvillen. Doch sein größtes Erlebnis auf dieser Reise hatte Herr A. auf dem Markt von Marrakesch, zwischen Bettlern, denen Gliedmaßen fehlten, und räudigen Hunden.

Zwischen den Verkäufern und Gauklern, die um die Aufmerksamkeit der Touristen buhlten, saß auf einem Teppich ein alter Märchenerzähler. Sein Gesicht wurde von einem Holzkohlefeuer in einem Kohlebecken erleuchtet. Um ihn herum in der Dunkelheit saßen überwiegend Einheimische, kaum Touristen. Ein Reisegefährte von Herrn A. aus Paris übersetzte die Geschichte des Märchenerzählers ins Französische, eine Sprache, die Herr A. gut beherrschte.

Es gibt Geschichten, die uns nahegehen. Geschichten, die uns erröten lassen, da wir das Gefühl haben, daß mit ihnen unsere größten Geheimnisse preisgegeben werden. Herrn A. war es bei den europäischen Mythen und Sagen noch nie so ergangen. Doch jetzt auf dem Markt von Marrakesch spürte er: Ja! Das ist *meine* Geschichte! Während der Weiterreise vernahm er diese Geschichte noch mehrere Male in verschiedenen Varianten, was ihn in seinem Gefühl nur noch bestärkte.

Am Tag darauf flog er weiter nach Kairo. Vom Flugzeug aus warf er einen letzten Blick auf die Stadt, die staubig und ockerfarben unter ihm lag, als hätten die Hügel der Wüste plötzlich architektonische Formen angenommen. Im stillen erzählte er sich die Geschichte immer wieder, um sicherzugehen, daß er keinen Teil davon vergessen hatte.

Und dies war die Geschichte des Märchenerzählers aus Marrakesch:

Es war einmal ein Sultan, der einen fantastischen Koch hatte, dessen Kochkünste weit und breit berühmt waren. Aus der ganzen Welt kamen Fürsten und Könige, um an der Tafel des Sultans zu speisen.

Eines Abends bereitete der Koch ein Mahl zu, das alles übertraf, was er bisher vollbracht hatte. Es schmeckte so göttlich, daß der Sultan glaubte, sein irdisches Dasein verlassen zu haben und die Engel Allahs singen zu hören. Als Belohnung gab er dem Koch seine jüngste und schönste Konkubine. Aber als die Frau zur Tür des Koches kam, verweigerte dieser ihr den Zutritt. (Sehr vernünftig, dachte Herr A.) Da sandte der Sultan dem Koch statt dessen einen schönen Jüngling. Auch der Jüngling wurde nicht eingelassen. Daraufhin begab sich der Sultan selbst zum Haus des Kochs, um zu erfahren, warum dieser seine Gaben nicht annehme.

»Ich kann heute nacht niemanden hierhaben«, antwortete der Koch. »Ich muß allein sein und will nicht gestört werden.« Was er denn in dieser Nacht vorhabe? Darauf gab er keine Antwort.

Der Sultan ging seiner Wege, kehrte aber nach einer

Weile zum Hause des Kochs zurück und schaute durchs Fenster. Er sah, wie der Koch Suppe in eine Schale füllte. Dann setzte sich der Koch und aß sehr, sehr langsam die Suppe. Nach jedem Löffel verharrte er ein Weilchen mit geschlossenen Augen, als sei seine Seele bereits in eine andere Welt übergegangen. Nachdem er die Suppe endlich aufgegessen hatte, lächelte er selig, ging zu Bett und schlief ein.

Herr A. verstand diesen Koch vollkommen. Aber der Sultan begriff überhaupt nichts. Er war wütend, weil der Koch seine Gaben verschmäht und ihn des Hauses verwiesen hatte, nur um einen Teller Suppe zu essen! Zur Strafe ließ er die Rezeptsammlung des Kochs verbrennen und dem Koch dreißig Peitschenhiebe versetzen. Dieser empfing die Schläge ohne einen Mucks. Dann suchte er mit blutendem Rücken den Sultan auf. Er sagte, es tue ihm leid, seinen Herrscher beleidigt zu haben. Er werde sich sogleich davonmachen. Was die Rezeptsammlung betreffe, spiele es keine Rolle, daß sie jetzt verbrannt sei. Sein Vater habe ihn alle Rezepte auswendig lernen lassen, als er noch ein kleiner Junge gewesen sei. Er habe ohnehin nie in die Rezeptsammlung geschaut. Dann ging er seiner Wege, ehe ihn jemand davon abhalten konnte. (Ganz recht, man soll die Perlen nicht vor die Säue werfen, dachte Herr A. voller bitterer Erfahrung.)

Aber bald bereute es der Sultan zutiefst, den Koch ziehen gelassen zu haben. Sein neuer Koch war bei weitem nicht so geschickt wie sein Vorgänger, und seine Gerichte konnten sich nicht im geringsten mit jenen des vorherigen Kochs messen.

Jetzt kamen keine mächtigen Herrscher mehr, um an der Tafel des Sultans zu speisen. Zu spät sah der Sultan ein, welch großen Wert ihre Besuche gehabt hatten. In der gemütlichen Stimmung, die bei den Gastmählern entstanden war, hatten die Regenten Zwistigkeiten geklärt, die sonst zu Krieg hätten führen können. Oft hatten diese Besuche zu Handelsverbindungen geführt oder zu einem Austausch an Wissen auf unterschiedlichen Gebieten. Jetzt mußte der Sultan mit ansehen, wie die anderen Herrscher durch sein Land reisten, ohne in seinem Palast Aufenthalt zu machen.

Kuriere wurden entsandt, um nach dem Koch zu suchen und ihm eine große Belohnung anzubieten, falls er zurückkehre. Aber der Koch war wie vom Erdboden verschluckt.

Der Sultan versuchte sich an das Essen zu erinnern, das der Koch am Vorabend seiner Abreise serviert hatte. Es waren Taubenbrüstchen gewesen, in einem zarten Blätterteig gebacken, und dazu eine Sauce. Der Sultan erinnerte sich, daß in der Sauce Bohnen und Oliven gewesen waren. Sie hatte aber auch nach Ingwer, Mandeln und Honig geschmeckt. Ein Koch nach dem anderen erhielt die Aufgabe, dieses Gericht nachzukochen. Außer den bekannten Zutaten benutzten sie weitere, die der erste Koch verwendet haben könnte. Doch sie scheiterten alle. »Wenn ich doch nur die Rezeptsammlung nicht hätte verbrennen lassen«, seufzte der Sultan. (Barbaren! dachte Herr A. Dieses Buch muß die gesammelte gastronomische Weisheit von Generationen enthalten haben!)

Der Sultan fand seinen Koch nie wieder. Aber einmal

hörte er ein paar Kaufleute von einem alten Mann erzählen, den sie in der Wüste getroffen hatten. Der Alte habe sie zu einem Körnergericht eingeladen, das farblos und unansehnlich ausgesehen habe. Es habe jedoch so göttlich geschmeckt, daß sie gemeint hätten, Allahs Engel singen zu hören.

Noch lange nach dem Tod des Sultans und dem Untergang seines Reiches wollen Menschen dem Koch des Sultans begegnet sein. Er wurde eine Art »wandernder Koch«, der hier und da in dem riesigen Reich der Araber auftauchte, himmlische Mahlzeiten servierte und dann wieder spurlos verschwand. »Noch heute«, sagte der Märchenerzähler in Marrakesch, »begegnet man Menschen, die ihn getroffen haben wollen.«

Hirten in den Bergen hatten von einem müden und ausgehungerten Alten erzählt, der sie gebeten habe, eines ihrer Lämmer zu schlachten. Dafür wollte er ihnen das wohlschmeckendste Mahl zubereiten, das sie je gekostet hätten. Da sie ohnehin vorgehabt hatten, an diesem Abend ein Lamm zu schlachten, kamen sie seinem Wunsch nach. Der Alte zog aus einem Stoffbeutel getrocknete Kräuter hervor und bereitete aus dem Lammfleisch, den Innereien und Kräutern ein Mahl zu, das die Hirten vor Wohlbehagen fast in den Wahnsinn trieb. Einige Fischer behaupteten, ihm am Strand begegnet zu sein, wo er sie zu wundervoll gebratenem Fisch eingeladen habe. Auch auf den Basaren der Städte tauchte er bisweilen frühmorgens auf, wenn an den Ständen die Auswahl noch am größten war. »Sogar hier in der Medina in Marrakesch hat man ihn gesehen«, sagte der

Märchenerzähler. »Die Kaufleute fürchten ihn. Denn er deckt jeden Betrug auf. Nichts Ranziges, Unreifes, keine schlechte Ware entgeht ihm.«

An diesem Punkte endete die Geschichte. Am nächsten Morgen, bevor er zum Flughafen fuhr, nahm Herr A. nochmals gründlich die Stände des Basars unter die Lupe. Aber alle alten arabischen Männer schienen ihm gleichermaßen kritisch und kleinlich ihre Einkäufe zu tätigen.

Als er wieder in Schweden war, beschloß er, in seinem nächsten Urlaub nicht wieder an einer Gourmetreise eines Reisebüros teilzunehmen. Statt dessen wollte er in seinen eigenen vier Wänden eine Gourmetreise durchführen. Schon lange hatte er davon geträumt: eine längere Zeit mit der Zubereitung eines einzigen Gerichtes zu verbringen, bis er diese bis zur Vollendung beherrschte. Er hatte bei der Wahl des Gerichtes gezögert. Jetzt wußte er es: Taubenbrust im Teigmantel mit Sauce. Er konnte sich die Wonnen vorstellen, die ihn erwarteten: den spröden, knusprigen Teigmantel, darin die Taubenbrust, milde und saftig zugleich. Die aromatische Sauce. Den Duft.

Am zweiten Tag seines Urlaubs schritt er ans Werk. Der Holzherd der Hütte war besser, als er es sich zu erträumen gewagt hätte. Vor dem halb offenen Fenster rauschten die Tannen. Sonst war es still. Kein Telefon klingelte. Keine Nachbarn störten. Jetzt waren da nur noch Herr A., seine treuen Saucentöpfe und der Fond der soeben gebratenen Taube. Er verlängerte ihn mit Hühnerbrühe, legte die Bohnen hinein, die im Mörser zerstoßenen Mandeln, den Honig, den Ingwer. Er löste die Taubenbrust aus. Rollte den Teig aus …

Das Ergebnis stellte ihn nicht zufrieden. Doch am nächsten Tag machte er mit einer zweiten Taube aus der Tiefkühltruhe weiter. Er versuchte es mit unterschiedlichen Zutaten für die Sauce. Ab und zu verließ er die Hütte, um neue Waren zu besorgen. Wie ein Chemiker in seinem Labor experimentierte er und machte sich Notizen über seine Arbeit. Er probierte verschiedene Gemüsearten wie Sellerie, Tomaten und Artischokken aus. Er verwendete Champignons, Pfifferlinge, Morcheln und Trüffel. Er versuchte es auch mit Früchten unterschiedlichster Art – von Äpfeln, Pflaumen und Aprikosen bis zu Orangen, Zitronen und Eßkastanien. Er nahm Gewürze wie Zimt, Oregano, Salbei und Thymian. Er verwendete geräucherte Speckwürfel und die Innereien der Taube, ihre Leber und ihr Herz. Den Teigmantel versuchte er mit Hilfe verschiedener Mehlsorten und Backmethoden herzustellen. Er ließ sich arabische Spezialitäten schicken, die er nie zuvor gegessen hatte. Jeden Abend setzte er sich zu Tisch, und das Menü sah Abend für Abend mit gewissen Variationen immer gleich aus: Taubenbrust im Teigmantel mit Sauce.

Aber statt sich – wie Herr A. es sich vorgestellt hatte – Schritt für Schritt der Vollkommenheit zu nähern, wurde er immer unsicherer, ob Taubenbrust im Teigmantel wirklich so fantastisch sei. Eines Abends verspürte Herr A. eine leichte Übelkeit, als er eine neue Taube aus der Tiefkühltruhe nehmen wollte. Am nächsten Tag verzichtete er auf das Kochen. Statt dessen zog er seinen Regenmantel und seine Stiefel an und ging in den Wald hinaus.

Es war schon fast September. Birken und Espen waren bereits gelb, es hatte eben geregnet und war kühl. Planlos streifte er umher. Mit tiefen Atemzügen atmete er ein und aus. Es war, als würde die Waldluft den Essensgeruch des vergangenen Monats aus seiner Nase vertreiben. Er fühlte sich leicht und frei. Eine Tasse ungesüßten Tees und ein Zwieback war alles, was er am Morgen zu sich genommen hatte. Er ging kleine verschlungene Pfade entlang und überlegte sich, wie alt sie wohl waren und wer sie wohl als erster ausgetreten hatte. Die Pfade führten ins Nichts. Plötzlich endeten sie unter seinen Füßen. Aber dafür fand er neue. Und als er keine Pfade mehr fand, bahnte er sich selbst seinen Weg.

Er begann zu frieren und kehrte um. Aber als er in die entgegengesetzte Richtung ging, sah der Wald ganz anders aus. Alles hatte eine andere Farbe und Form. Er mußte die ganze Zeit über die Schulter schauen, ob es auch wirklich der Weg war, den er gekommen war. Er wurde unsicher. Die kleinen Pfade waren verschwunden. Er ging vor und zurück, um eine Stelle zu finden, die er wiedererkannte. Schließlich sah er ein, daß er sich verlaufen hatte.

Also ging er einfach drauflos. Er ging schnell, um sich warm zu halten. Er hoffte, einen Pfad, einen Weg oder eine menschliche Behausung zu finden.

Aber seine Hoffnung war nicht groß. Er hatte gehört, daß sich die Einöde nördlich seiner Hütte Dutzende von Kilometern ausdehnte. In diesem Gebiet befand er sich jetzt.

Während Herr A. ausschritt, nahm sein Hunger zu. Die Zeit für das Mittagessen war schon lange vorbei, die Zeit für das Abendessen ebenfalls. Regen ging über dem Wald nieder. Es wurde immer dunkler. Herr A. kauerte sich unter einer Tanne zusammen. An den Stamm gelehnt, mit Tannenzweigen vor der Nässe des Bodens geschützt, saß er die ganze Nacht dort.

Als der Morgen dämmerte, begann er wieder zu gehen. Der Hunger quälte ihn. Er hätte alles gegessen. Taubenbrust, Haferbrei, Blutwurst, Hundefutter. Egal was, solange es sich nur kauen und schlucken ließ. Der Wald bot nichts Eßbares, obwohl es die richtige Jahreszeit war. Die Pilze, die er fand, waren nicht eßbar. Beeren sah er keine. Er trank aus Pfützen und aß etwas Moos. Als sich die nächste Nacht näherte, packte ihn die Verzweiflung. Niemand vermißte ihn, schließlich hatte er gesagt, er wolle in seiner Hütte in Ruhe gelassen werden. Er drang immer tiefer in den Wald ein. Es war, als hätte er aufgehört, ein Mensch zu sein.

In der Dämmerung kam Herr A. an ein großes Moor. Auf der anderen Seite sah er, wie sich der Rauch eines Feuers vor der Wand aus Tannen abzeichnete. Er ging um das Moor herum, und als er näher kam, sah er einen Menschen an einem Feuer sitzen. Als er näher trat, war er erst ein wenig enttäuscht. Er hatte einen Jäger erwartet, einen Bauern aus der Gegend, einen vernünftigen Menschen, der ihn mit nach Hause nehmen, ihm ein Bett, eine Mahlzeit und warme Kleider geben konnte. Aber diese Person schien ihm derartiges nicht anbieten zu können. Der Mann am Feuer sah aus wie ein Landstreicher. Ungepflegt und schmutzig. Ein Verrückter, konstatierte Herr A. insgeheim. Eine Art Eremit.

Er trat ans Feuer, und der Alte sah auf. Meine Güte, er hat schon mindestens ein Jahr lang seine Kleider nicht gewechselt, dachte Herr A., bevor ihm bewußt wurde, daß er selbst nach der Nacht unter der Tanne vermutlich auch nicht mehr so proper aussah.

»Ich habe mich verlaufen«, sagte er und hockte sich so nahe wie möglich ans Feuer. Die Wärme war wunderbar.

Schweigend rührte der Alte in einer Blechdose, die über dem Feuer hing. Er hatte einen Bart, und seine dunkle Haut war wettergegerbt. Herr A. bemerkte den Gestank seiner Kleider.

Mit einem Lumpen als Topflappen hob der Mann die Blechdose vom Feuer, zog einen Löffel hervor und begann schlürfend den Inhalt zu essen. Der Löffel wanderte zwischen der Dose und dem schmutzigen Bart hin und her. Ein paar schwarze Zahnstümpfe waren in seinem Mund zu sehen, wenn er den Mund öffnete. Dann hielt der Alte Herrn A. seinen Löffel hin. Dieser wich zuerst zurück. Aber sein Hunger war stärker als sein Ekel. Wie von selbst öffnete sich sein Mund. Rasch schob der Alte den Löffel hinein, und Herr A. schluckte.

Welch ein Geschmack! Die Zunge von Herrn A. bebte vor Wollust. Seine Lippen zitterten. Sein Gaumen schrie nach mehr. Der Alte lächelte und reichte ihm den Löffel. Herr A. aß aus der Blechdose. »Mein Gott, was für eine Suppe!«, flüsterte er. »Mamma mia! Gott im Himmel!« Sein Geschmackssinn vibrierte vor Erregung. Er sah nicht mehr scharf. Das Moor, der Tannenwald und der bewölkte Himmel verschwammen zu einer wogenden Masse. Und dann hörte er es: Himmlische Chöre sangen. Der herbstliche Wald versank in einem Lobgesang voller Seligkeit. Vollkommenheit! Vollkommenheit!

Als er die Blechdose geleert hatte, fühlte er sich etwas benommen. Er saß auf der Erde, fror aber überhaupt nicht. Der Alte hatte sich erhoben und räumte seine ausgekratzte Blechdose, seinen Löffel und einige andere Dinge zusammen. Er legte alles in einen Sack und begann in den Wald hineinzugehen. Das Feuer brannte herunter, die Kälte kam, und es wurde dunkel. Doch Herr A. blieb allein sitzen, gefangen in einem euphorischen Rausch.

Plötzlich brach ein Hund aus dem Wald. Er rannte auf Herrn A. zu, schnupperte an ihm und schlug an. Da kam er wieder zu sich. Zu dem Hund gehörten zwei Männer aus dem Dorf. Ihnen war der fehlende tägliche Schornsteinrauch von Herrn A.s Holzherd aufgefallen. Die Menschen auf dem Land merken so etwas, dachte Herr A. später. Mit ihrer Hilfe fand er zu seiner Hütte zurück. Er dankte ihnen und fragte sie, ob sie den alten Landstreicher kannten. Zu seiner Verwunderung verneinten sie dies. Ein solches Original müßten doch eigentlich alle kennen?

Nachdem er sich von seinem Abenteuer im Wald erholt hatte, begann Herr A. Nachforschungen über den Alten anzustellen. Er rief bei der kommunalen Sozialbehörde an. Doch, man wisse über alle alten Leute Bescheid, und den einen oder anderen Sonderling gebe es immer im Wald. Herr A. suchte diese Sonderlinge auf, doch der Mann, der ihn zu der himmlischen Suppe eingeladen hatte, war nicht dabei. Er erkundigte sich bei der Polizei und im ICA-Lebensmittelladen im Dorf. Bei den alten Leuten im Altersheim. Bei den Männern, die zusammen zur Jagd gingen. Nein, der Landstreicher mußte von weither gekommen sein. Er war in der Gegend nicht bekannt.

Der 4. September kam, und der Urlaub von Herrn A. war zu Ende. Er packte seine Kochutensilien zusammen, die er in der letzten Woche überhaupt nicht verwendet hatte. Er hatte die gesamte Zeit dazu genutzt, nach dem Alten zu suchen, und nur Konserven gegessen.

Herr A. fuhr nach Hause. Er begann wieder mit seiner Arbeit im Büro. Er hörte auf, selbst zu kochen, und aß statt dessen das Tagesgericht im Lokal um die Ecke. Seine alten Freunde versuchten manchmal, sein kulinarisches Interesse wieder zum Leben zu erwecken. Wenn sie ihn zu etwas besonders Gutem bei sich zu Hause oder im Restaurant einluden, aß Herr A. höflich und schweigend. Denn wer ein Mahl gegessen hat, so wunderbar, daß er die Engel Allahs hat singen hören, der kann die Bemühungen anderer Köche nur belächeln.

Hundert Teddybären und tausend Engelsgeläute

Schnee und Sonne. Sie hatten eine Reihe guter Tage hinter sich. Tage, die einfach dahingekullert waren, die sich ineinandergehakt hatten und zu einem Stück guten Lebens verschmolzen waren. Sie hatten eine Menge Geld und eine Menge Hasch gehabt. Jetzt war fast alles aufgebraucht, und ihnen war klar, daß dies der letzte Tag dieser strahlenden Kette war. Morgen würde etwas ganz anderes beginnen.

Aber noch waren die Straßen Kanäle, in denen sie aufrechten Ganges übermütig dahinströmten. Sie hatten sich im Weihnachtsgeschäft einen Weg durch das Gewühl gebahnt. Waren auseinandergetrieben worden und hatten einander wiedergefunden. Roy konnte Martin ganz einfach nicht verlieren. Dachte er einmal, nun sei er verschwunden, brauchte er sich nur umzudrehen, und schon stand Martin in seiner Cordjacke und mit dem langen Schal da, als hätte Roy ihn mit einer Zauberformel gerufen.

Sie gingen durch die Östra Hamngatan. In den Schaufenstern von NK gab es schneebedeckte Dachfirste, Gaubenfenster standen offen, aus denen, wie durch einen enormen inneren Druck, Geschenke hervorquollen: Kiefer, Angora, Aluminium. Dahinter sandten Lämpchen ihr Sternenlicht über einen dunkelblauen Plexiglashimmel. Die Marzipanschweinchen in Bräutigams Fenster bissen leicht auf ihre rosigen Äpfel und blinzelten mit stecknadelkopfgroßen silbrigen Augen. In Helene Mörcks Ladenfenster gab es schwarze BHs mit einem geheimnisvollen Schlüssel zwischen den Körbchen, und inmitten aller seidenschimmernden Sünde und Eitelkeit standen zwei groteske rotbackige Weihnachtsmänner und hielten, wie imbezille Bordellkunden grinsend, ein Strumpfband zwischen sich.

Sie nahmen die Straßenbahnlinie 5, ärgerten die Fahrgäste mit ihren unrasierten Wangen und ihrer übertrieben guten Laune und wurden vor dem Vergnügungspark Liseberg hinausgeschmissen. Dort standen sie am Eingang und blinzelten mit lichtscheuen Dezemberaugen in die Sonne, während die rosa Türme ihre gezackten Spitzen in den Winterhimmel reckten. Als eine Schneefräse in den Park fuhr, nutzten sie die Gelegenheit, mit hineinzuschlüpfen, und hinter ihnen schlossen sich automatisch die Tore.

Zuerst liefen sie nur umher, doch dann begannen sie zu rennen. Sie jagten sich, bewarfen einander mit Schnee, und schließlich saßen sie einfach im Schnee und nahmen das Paradox in sich auf, das sie umgab: Winter in Liseberg.

Der Schnee lag schwer auf den Dächern der kleinen Stände. Die Statuen – Amoretten und posierende Frauen – waren mit einer feinen Frostschicht überzogen, die die Figuren fast beweglich machte, wenn sich in den Kristallen Sonne und Schatten abwechselten. »Das Liseberg-Orchester spielt täglich von 13^{00} bis 16^{00} Uhr«, stand auf einem Schild neben dem verlassenen Orchesterpavillon.

»Liseberg sollte auch im Winter geöffnet sein«, sagte Martin, und seine Worte wurden von weißem Dampf begleitet.

Auch Roy versuchte, Dampf aus seinem Mund zu blasen.

»In der Achterbahn könnte man mit warmen Schaffellen sitzen, die bis zum Kinn reichen«, fuhr Martin fort. »An den Karussells könnte man Fackeln anbringen. Und den Karussellpferden Schellen ans Geschirr hängen und ihre Wagen gegen Schlitten austauschen.«

Roy nickte eifrig und studierte seinen zu Dampf gewordenen Atem.

»Und stell dir vor, du sitzt in einer Riesenradgondel und steigst zwischen Schneeflocken in einen dunklen Himmel auf!«

»Ja«, erwiderte Roy und sah alles vor sich.

»Es gibt bestimmt noch mehr Leute außer uns, die das gut fänden. Warum ist bisher noch niemand darauf gekommen?« wunderte sich Martin.

Vielleicht, dachte Roy, weil der Sommer und Liseberg einfach ein und dasselbe sind. Für ihn waren die beiden jedenfalls schon immer miteinander verschmolzen, untrennbar. Er begriff, daß seine freudige Verwunderung hier darauf beruhte, daß er sich den Vergnügungspark im Winter nicht hatte vorstellen können. Was habe ich mir denn gedacht? fragte er sich. Daß Liseberg im Winter nicht existiert, daß hier ein leerer Fleck ist? Oder daß hier immer Sommer ist?

Sie standen auf und streiften umher. An den märchenhaften rosa Gebäuden glitzerte Rauhreif. Der Spiegelteich war zugefroren, und die Achterbahn ragte wie ein Gebirge auf. Es war atemberaubend schön. Gefroren, still. Aber nicht tot. Es war ... Er fand das Wort nicht.

Beim Swing-Around stand ein städtischer Arbeiter auf dem Dach des Kassenhäuschens und schaufelte Schnee, und jede Schaufel voll stob wie eine zischende Kaskade ins Sonnenlicht. Das war echte Bewegung. Echtes Geglitzer. Echtes Licht. Da war das Wort, das er gesucht hatte. Echt. Und zu Liseberg schien es ebensowenig zu passen wie der Winter.

Mit elf Jahren hatte Roy plötzlich die Falschheit Lisebergs entdeckt. Das Banale gesehen. Das Grelle. Das Vulgäre. Er hörte alle knirschenden, kurzatmigen Nebentöne in der Drehorgelmusik. Ihn ekelte vor dem schmeichlerischen Rosa überall. Wenn er Karussell fuhr, konnte er sich lediglich auf die Illustrationen an der zylindrischen Wand rings um die Achse des Karussells konzentrieren. Dornröschen, Hänsel und Gretel und andere Märchenfiguren glitten an seinem Blick vorbei. Von ihren gedunsenen Gesichtern und ihrer beigelila Haut wurde ihm übel.

Früher hatte er immer die Schönheit der Damen bewundert, die Lose und Eintrittskarten verkauften. Besonders ihr Haar, das schwarz war wie Asphalt oder weiß wie gesponnener Zucker. Nun begriff er, daß sie geschminkt waren und ihre Haar gefärbt.

Je genauer er hinsah, desto mehr entdeckte er. Als er mit den Booten in den Liebestunnel fuhr, fielen ihm ein paar Rohre auf, die dicht an der Oberfläche verliefen. Sie waren mit grünem, schleimigem Moos bewachsen. Er versuchte ihnen in der Dunkelheit dort drinnen die ganze Zeit über mit dem Blick zu folgen. Wenn sein Vater Eis kaufte, nutzte er die Gelegenheit, kurz hinter den Kiosk zu gucken. Wie vermutet, lagen dort Berge leerer Kartons und Gerümpel. Die schönen Damen hatten Schweißflecken unter den Achseln. Ihr Nagellack blätterte ab, der Lippenstift schmolz und zerfloß in den Runzeln ihrer Lippen. Voller Verachtung senkte er den Blick und bemerkte, daß der Boden mit Popcornkrümeln, Eispapier, leeren Flaschen und ausgedienten Losen übersät war.

Seine Einsicht erreichte ihren Höhepunkt, als er zufällig die Rückseite der Achterbahn zu Gesicht bekam. Er stand außerhalb des Geländes und sah die ungestrichenen Brettergerüste, die sich wie ein hölzernes Ungeheuer neben dem schmutzigen Wasser des Mölndalsån erhoben. Da erst erkannte er die Tragweite des riesigen Betrugs, der da drinnen ablief. Er empfand Mitleid mit den Menschen, die sich dort lustig an der Nase herumführen ließen. Vor allem aber empfand er Mitleid mit sich selbst, der er Jahr um Jahr so schmählich betrogen worden war, ohne etwas zu begreifen. So war das also, als Roy im Alter von elf Jahren Liseberg durchschaute.

Die nächste Stufe war, daß er den Betrug liebte, den er aufgedeckt hatte. Und seit dieser Zeit war seine Liebe zum schlechten Geschmack nur noch gewachsen.

Roy und Martin liefen in dem winterlichen Vergnügungspark umher und hatten das Gefühl, durch eine Eistorte zu wandern. Die Sonne sank, die Luft wurde blau, und sie dachten allmählich daran, nach Hause zu fahren. Daß die Tore geschlossen waren, bereitete ihnen keine Schwierigkeiten. Sie stapften durch den Schnee zum Zaun hinauf. (Das war, ehe der neue Zaun errichtet wurde, der wie ein Absperrgitter aussieht, allerdings fünfmal so hoch und von messerscharfen Spitzen gekrönt ist. Vorher war da nur ein Maschendrahtzaun mit ein wenig Stacheldraht, und darüber waren Martin und Roy viele Male aus- und eingestiegen.)

In jener Zeit stand auch noch ein altes, verfallenes Holzhaus am Fuß des Berges. Martin und Roy kamen überein, in das Haus einzubrechen. Sie wußten nicht, was sie dort zu finden hofften.

Durch ein zerbrochenes Kellerfenster drangen sie ein. Der Keller stand voller uralter Spiele, die sie noch nie gesehen hatten: einarmige Banditen, die mit zehn Öre zu betreiben waren. Kicker mit Spielern aus Blech, zweidimensionalen Profilfiguren mit angewinkelten Armen wie auf ägyptischen Malereien. Ein Spiel mit verschiedenfarbigen Flugzeugen auf starren, aufrecht stehenden Stahldrähten – Roy konnte sich nicht vorstellen, wie es wohl funktioniert hatte. Es gab einen Clown, der den Mund nach Bällen aufriß, eine Art Kulisse, die einen Dschungel darstellte, Karussellpferde mit abgeschlagenen Beinen oder zerkratzten Mäulern, ein kleines, knubbeliges himmelblaues Sportauto, vermutlich auch aus einem Karussell.

Sie leuchteten sich mit Feuerzeugen und fanden die Treppe. Martin ging als erster hinauf.

Roy hatte sich manchmal gefragt, wo die Damen mit dem Asphalthaar und dem Zuckerwattehaar im Winter blieben. Hielten sie zusammen mit allen anderen Lisebergmenschen irgendwo Winterschlaf? Oder stopften sie ihr Haar unter rattenfarbene Perücken und wurden gewöhnliche Verkäuferinnen in Tabakgeschäften und Supermärkten? Letzteres war wohl am wahrscheinlichsten. Denn wenn Liseberg über ein Winterlager verfügte, dann war es hier.

Martin tobte wie ein kleines Kind umher und riß Kartons mit Teddybären auf.

»Das sind mindestens hundert Teddybären. Ganz neue, Roy! Wir haben das große Los gezogen. Das größte. Wir haben alle Glückslose Lisebergs auf einmal gezogen!« jauchzte er und warf mit pastellfarbenen Teddybären um sich.

Roy ging jedoch ein Stockwerk höher und entdeckte ringsum an den Wänden Lagerregale, und in den Regalen lagen ungeheuer viele Schachteln mit Engelsgeläuten. Solche Dinger mit vier Kerzen und Messingengelchen, die sich in der Kerzenwärme langsam im Kreis drehen und dabei an Glöckchen stoßen. Roy erinnerte sich, in der Schule beim Julklapp einmal so ein Ding bekommen zu haben. Er entsann sich, wie schön so ein Engelsgeläut war. Licht, Musik und Bewegung in einem. Und dabei so einfach konstruiert. Ein geniales Gebilde, dachte Roy. Wer das Engelsgeläut wohl erfunden hat?

Er öffnete eine der flachen Schachteln und baute die verschiedenen Teile zu einem Geläut zusammen. Dann zündete er mit seinem Feuerzeug die vier Kerzen an. Die aufgehängten Figuren erzitterten und begannen sich, von einem warmen, unsichtbaren Wind getrieben, im Kreis zu bewegen. Ihre Messingstäbe berührten die Glöckchen, und es erklang ein feines Klingeln wie von fernem Schellengeläut.

Roy gefiel dieses Klingeln. Er wollte noch mehr davon hören. Er öffnete eine weitere Schachtel und setzte auch dieses Engelsgeläut zusammen. Er zündete die dünnen Kerzen an und stellte es neben das erste Geläut. Dann griff er nach der nächsten Schachtel. Aus dem unteren Stockwerk hörte er das weiche Aufplumpsen der Teddybären, mit denen Martin um sich warf, doch er arbeitete in aller Ruhe ein Engelsgeläut nach dem anderen ab. Die leeren Schachteln stapelte er in der Ecke. Er konnte nicht abschätzen, wie viele Engelsgeläute sich in den Lagerregalen befanden. Tausend vielleicht. Er ging hinunter und bat Martin um Hilfe.

»Hier gibt es Unmengen von Engelsgeläuten. Die müssen wir alle aufbauen. Ich möchte sie alle auf einmal sehen. Und hören. Kannst du dir vorstellen, was für eine Musik von tausend Engelsgeläuten ausgeht? Kannst du dir das vorstellen, Martin?«

Martin hatte nicht einmal eine Vorstellung davon, was ein Engelsgeläut überhaupt war, kam aber mit ins obere Stockwerk, und da war er es ihm völlig klar.

»Das sind also Engelsgeläute. Phantastisch!« rief er.

Sie bliesen die Kerzen aus, setzten sich beide auf den Fußboden und bauten Engelsgeläute zusammen. Anfangs war das schwierig, denn die Geläute waren sehr fragil. Beim geringsten Schubs fielen sie in sich zusammen. Die einzige Kraft, die sie ertrugen, war die Kerzenwärme. Nach etwa einer Stunde aber waren sie schon geschickter, und die Engelsgeläute wuchsen wie goldene Blumen zwischen ihren Fingern hervor. Wenn draußen die Straßenbahnen vorbeirauschten, erzitterten die hauchzarten Figuren an ihren Aufhängungen und schimmerten schwach in der Dunkelheit. Martin und Roy füllten den ganzen Raum mit Engelsgeläuten. Sie kamen sich so schöpferisch und allmächtig vor wie Gottvater höchstpersönlich.

»Wollen wir sie anzünden?« fragte Martin, als sie fertig waren.

»Warte. Zuerst brauchen wir noch Publikum«, sagte Roy und verschwand die Treppe hinunter. Er kehrte mit dem Arm voller Teddybären zurück und setzte sie in die Lagerregale, die ringsum an den Wänden standen.

Martin ging noch mehr Teddybären holen. Sie setzten alle in die Regale. Die Teddybären waren rosa und hellgrün und fliederfarben. Sie rochen nach Chemie, und ihr Fell war rauh.

Dann machten sie mit den Puppen weiter. Es waren diese Puppen, die allein dafür geschaffen sind, auf einem Bord mit Gewinnen zu sitzen und Sehnsucht zu erwecken. Ihre Lebensaufgabe ist in dem Augenblick erfüllt, da der zuckende Metallfinger des Glücksrades ihre Nummer anzeigt. Und der Gewinner steht mit der Puppe im Arm da wie mit einem ungeplanten Kind und weiß nicht, was er mit ihr anfangen soll.

Dann ging Roy mit dem Feuerzeug herum und zündete die Kerzen der Engelsgeläute an. Gebückt ging er die Reihen entlang, langsam und würdevoll wie ein Pfarrer, der das Abendmahl austeilt, und hinterließ eine

Spur brennender Kerzen und schaukelnden Messings. Ein Engelsgeläut nach dem anderen begann sich zu drehen und zu klingeln. Das Kerzenlicht wurde stärker, das Geklingel lauter. Als das Gas des Feuerzeugs zu Ende war, machte er mit einer Kerze weiter. Und als alle Kerzen brannten und alle Engelchen tanzten, setzte sich Roy neben Martin auf den Fußboden, lehnte sich an die Wand und betrachtete sein Werk. Reihe um Reihe von Engelsgeläuten erhellte das dunkle Obergeschoß. Es war eine himmlische Heerschar von kreisenden Cherubinen, die ihre kleinen Posaunen erhoben und jeden vergessenen Winkel, jede Bodenritze und jedes Nagelloch mit überirdisch klingelnden Tönen erfüllten.

Die Puppen saßen in ihren schönen Zigeunerröcken in den Regalen und versuchten wie feine Damen in Opernlogen auszusehen. Unter Wimpern, so dicht und gerade wie Malerpinsel, blickten sie frostig vor sich hin, zogen ihren Erdbeermund zusammen und scherten sich nicht darum, daß sie Rummelplatzflittchen waren. Unter ihnen saßen die pastellfarbenen Acrylteddybären aufgereiht, diese unsicheren Cousins zerschlissener Kinderzimmerteddys. In ihren Augen spiegelten sich die Kerzenflammen, und in ihren Schaumgummihirnen rasselten die Gedanken wie Glücksräder im Kreis.

Roy und Martin tauschten Blicke, sagten aber nichts. Über die Decke und die Wände jagten, flackernd und flimmernd wie unter Wasser, die Schatten. Die vielen Kerzen erwärmten den Raum. Draußen jenseits des Berges ruhte der Vergnügungspark unterm Schnee.

Da saßen sie nun, schweigend, an die Wand gelehnt.

Martin schlief ein. Roy dagegen wurde sich allmählich bewußt, daß es kein eintöniger Klang mehr war, den er hörte, sondern Musik. Ihr Rhythmus und ihre Melodie offenbarten sich seinem Gehör so, wie sie sich plötzlich in den Schlägen afrikanischer Trommeln, im Ticken einer Uhr oder im Geräusch eines Zuges offenbaren können, der über Schienenstöße fährt. Und nach einer Weile fand er, daß es mehr war als Musik. Es waren Jubel, Jauchzer und Schluchzer. Es war etwas hier im Raum. Etwas, was die Augen der Puppen wahrnahmen und die Gumminasen der Teddybären witterten. Er glaubte zu begreifen, was es war. Sie hatten den Vergnügungspark im Winter so angetroffen, wie man eine gefallsüchtige Frau im Schlaf antrifft, unverstellt und abgeschminkt. Nun waren sie in deren Träume gestiegen, in ihre Erinnerungen und ihre Sehnsucht. Liseberg, ich verzeihe dir alles, dachte er.

Die ganze Nacht über saß er dort, die Kerzen brannten herunter und ertranken in ihren heißen Wachsseen auf den Messinguntersetzern. Ein Engelsgeläut nach dem anderen erlosch, die Figuren blieben stehen, und die Musik zog sich dorthin zurück, woher sie gekommen war. Am Ende entschwand auch die Wärme.

Der letzte gute Tag kullerte in aller Stille davon, und durch die Ritzen der Wände und die Fenster drang klar und hart ein neuer Tag herein.

Das Schloß aus Schnee und Feuer

Es war März, und immer noch herrschte Winter. Patrik hatte den ganzen Tag im Garten im Schnee gespielt. Er hatte einen Schneemann, ein Schneepferd und einen Schneebären gebaut. Dann fiel ihm nichts mehr ein. Da kam Papa heim.

»Wollen wir eine Schneelaterne bauen?« fragte er.

Das hatte Patrik noch nie getan. Papa zeigte ihm, wie man eine Pyramide aus Schneebällen errichtete. Als nur noch ein paar Schneebälle bis zur Spitze fehlten, ging er ins Haus und holte eine Kerze. Papa steckte die Kerze in der Laterne in den Schnee und zündete sie an. Dann schloß er mit den letzten Schneebällen die Laterne.

Es war dunkel geworden, und Papa und Patrik gingen ins Haus. Mama hatte Kaffee und Kakao gekocht. Sie tranken und sahen durch das Küchenfenster die Schneelaterne im Dunkeln leuchten. Patrik war so verzückt, daß er seinen Kakao ganz vergaß. Er fand die Schneelaterne wunderschön.

»Ja, sieh sie dir nur gut an«, sagte Mama. »Morgen ist sie vielleicht nicht mehr da. Im Wetterbericht haben sie für morgen Tauwetter angesagt.«

»Wie angenehm«, fand Papa. »Wir hatten jetzt genug Kälte.«

Dann mußte Patrik ins Bett. Mitten in der Nacht wachte er auf, ohne zu wissen, warum. Er war hellwach und dachte an die Schneelaterne. Leuchtete sie noch, oder war die Kerze heruntergebrannt? War es immer noch kalt, oder taute es bereits?

Er stand auf und trat ans Fenster. Im Garten war dunkle Winternacht. Die Büsche mit ihren schneebeschwerten Ästen wirkten gespenstisch. Aber die Schneelaterne leuchtete. Die Kerze brannte flackernd und verbreitete ein warmes Licht, das manchmal stärker, dann wieder schwächer wurde, als sei etwas Lebendiges und Bewegliches darin. Morgen würden die Kerze heruntergebrannt und die Laterne geschmolzen sein. Patrik seufzte. Er wollte nicht wieder zu Bett gehen. Lange stand er da und sah hinaus auf die Schneelaterne. Oh, wie schön sie doch war!

Statt wieder ins Bett zu kriechen, schlich Patrik nach unten in die Diele und zog Skianzug, Mütze, Handschuhe, Schal und Lederstiefel an. Er trug zwar nur seinen Schlafanzug darunter, aber der Overall war ungewöhnlich warm, da er zum Trocknen auf der Heizung gelegen hatte. Leise und vorsichtig schlich er zur Verandatür und ging nach draußen.

Welch eine Nacht! Es war kalt und klar, die Sterne leuchteten im schwarzen Weltall, und mitten im Garten stand die Schneelaterne und vibrierte im Licht.

Patrik ging die Verandatreppe hinunter und stapfte durch den Schnee auf die Schneelaterne zu. Als er sich ihr näherte, meinte er Gesang zu hören. Es war ein sehr leises Geräusch, als hätte jemand ein Radio in die Laterne gesetzt und ganz leise eingestellt.

Patrik beugte sich vor und versuchte zwischen den

Schneebällen hineinzuspähen. Er sah nichts. Da hob er den obersten Schneeball hoch, der die Spitze der Pyramide bildete, und sah nach unten. Er war nicht so überrascht, wie man vielleicht hätte meinen können. In dem Moment, in dem er erwacht war und die wundersam leuchtende Schneelaterne von seinem Fenster aus gesehen hatte, hatte er geahnt, daß sie mehr enthalten müsse als nur eine Wachskerze.

Mit dem Schneeball in der Hand blickte Patrik in einen Schloßsaal mit einem glänzenden Glasfußboden und diamantenbesetzten Wänden hinab. In der Mitte ragte die Kerze wie ein Pfeiler mit brennender Spitze auf. Rundherum standen dreißig oder vierzig kleine, weißgewandete Wesen, die mit entsetzten Mienen zu Patrik hinaufblickten. Sie waren so klein, daß zehn von ihnen auf eine seiner Hände gepaßt hätten. Einige hielten sich den Arm vors Gesicht, als wollten sie sich schützen. Im übrigen standen sie vollkommen reglos und schweigend da.

Aber da sah Patrik ein Männchen, das sich bewegte. Es stand nicht mit den anderen um die Kerze herum, sondern saß auf einem Thron, der aus einem der untersten Schneebälle in der Wand gemeißelt worden war. Dieses Männchen bewegte sich sehr lebhaft, und es rief mit zerbrechlicher, aber zorniger Stimme: »Wie kannst du es wagen, mein Fest zu stören? Leg sofort das Dach wieder zurück und verschwinde dann von meinem Schloß!« Dann wandte es sich an die anderen Männchen und sagte: »Habt keine Angst. Das ist nur irgendein ungewöhnlich großer Junge, der sich einen Spaß mit uns erlauben will.«

»Was soll das heißen ›mein Schloß‹?« fragte Patrik. »Das ist meine Schneelaterne.«

Das kleine Männchen hüpfte vor Wut auf und ab.

»Heb mich hoch, damit ich nicht hier stehen und brüllen muß«, befahl es.

Patrik fand die Stimme des Männchens lustig. Er war sich sicher, daß eine Biene genauso klingen würde, wenn sie sprechen könnte. Er griff in die Schneelaterne, und alle kleinen Wesen um die Kerze herum sprangen entsetzt beiseite. Aber das Männchen auf dem kleinen Thron sprang sofort auf und machte es sich auf Patriks Handfläche bequem.

»Heb mich jetzt hoch. Aber vorsichtig, das rate ich dir. Komm der Flamme nicht zu nahe.«

Langsam und überaus vorsichtig zog Patrik seine Hand aus der Schneelaterne. Jetzt konnte er das Männchen näher betrachten. Es trug einen weißen Pelzmantel und eine Pelzmütze. Seine Kleider waren mit funkelnden Edelsteinen besetzt. Es hatte einen weißen Bart.

»Meine Güte. Du bist nicht größer als Papas alte Zinnsoldaten«, rief Patrik.

»Du glaubst also, daß es auf die Größe ankommt?« schnaubte der Kleine. »Weißt du denn überhaupt, wer ich bin?«

Patrik schüttelte den Kopf. »Ich habe wirklich keine Ahnung.«

»Natürlich nicht. Das erklärt auch dein ungehobeltes Auftreten. Ich bin ein König!« rief die kleine Gestalt und breitete so heftig die Arme aus, daß sie fast von Patriks Hand gefallen wäre. Patrik rettete sie mit dem Daumen.

»Und das hier«, fuhr der Kleine fort und deutete auf die Schneelaterne, »ist das Schloß aus Schnee und Feuer, mein eigenes, teures Schloß, in das du so frech und ohne Einladung hineingeschaut hast.«

»Ich habe nichts dagegen, daß du in meiner Schneelaterne wohnst. Du kannst sie ruhig nennen, wie du willst. Aber mein Papa hat sie gestern abend gebaut, und meine Mama hat die Kerze gekauft. Und ich war schon hier bei der Laterne, bevor du eingezogen warst. Ich habe also das Recht, sooft hineinzuschauen, wie ich will«, antwortete Patrik etwas beleidigt.

Da lachte der kleine König so sehr, daß er sich den Bauch halten mußte. »Soll dein Papa das Schloß aus Schnee und Feuer gebaut haben? Soll deine Mama die Feuersäule gekauft haben? Soll mein Schloß erst gestern abend entstanden sein?«

Von unten aus der Schneelaterne ertönte allgemeines Gelächter der anderen winzigen Weißgekleideten.

»Mein junger Mann, du weißt offenbar überhaupt nichts«, fuhr der König fort. »Das Schloß aus Schnee und Feuer gibt es schon seit tausend Jahren. Und ich hoffe, ich hoffe es wirklich, daß es noch weitere tausend Jahre existiert.«

Jetzt war es Patrik, der lachte.

»Die Kerze ist doch morgen früh heruntergebrannt. Außerdem wird es bald wärmer, dein Schloß ist also in ein paar Tagen verschwunden.«

»Ich weiß nicht, wovon du sprichst. Aber du bildest dir vermutlich alles mögliche ein wie alle anderen Kinder. Warte einen Augenblick, ich muß hören, was mein Volk sagt. Laß mich etwas herunter.«

Patrik hielt den König dicht über die Dachöffnung der Schneelaterne. Von unten war Raunen und Gemurmel zu vernehmen.

»Was meint ihr? Sprecht deutlich«, rief ihnen der König zu. Er schien etwas aus dem Gemurmel herauszuhören, was Patrik nicht verstand, und antwortete höhnisch:

»Er? Aber er ist doch nur ein dummer und ungezogener Junge. Unmöglich.«

»Wer? Meinst du mich?« wollte Patrik wissen. Er war kein ungezogener Junge, dessen war er sich sicher. Schließlich erzogen ihn Mama und Papa unentwegt.

»Ja, ja, natürlich ist er groß, aber ... Doch, doch, er ist sicher auch unglaublich stark. Hm. Na ja.«

Der König strich sich über seinen Bart.

»Wovon sprecht ihr?« fragte Patrik.

»Also, hm. Vielleicht brauchen wir deine Hilfe.«

»Wobei?«

»Wir möchten, daß du uns gegen unsere Feinde verteidigst.«

»Und wo sind eure Feinde?«

»Die wohnen im Palast des Eises und der Finsternis. Kennst du den?«

»Leider nicht«, antwortete Patrik und versuchte, weder ungebildet noch dumm zu klingen.

»Dort in weiter Ferne liegt er«, sagte der König und deutete auf die Veranda.

Patrik dachte eine Weile nach und verstand dann.

»Aha, den Palast kenne ich«, sagte er. Auf der Erde vor dem Verandageländer war nämlich ein kleines Eisschloß entstanden. Die Regenrinne darüber war leck. Jedesmal, wenn es regnete, tropfte und lief es dort herunter, und dann sagte Papa immer, daß er das Leck reparieren würde. Aber wenn es zu regnen aufhörte, hatte er es schon vergessen.

Vor etwa einer Woche hatte es nach einem Tag mit Tauwetter wieder eine Frostnacht gegeben, und es hatten sich Eiszapfen an der Dachrinne und am Verandageländer gebildet. Darunter war das Eisschloß entstanden. Patrik hatte gespielt, daß es eine Eistorte wäre, traute sich aber nicht, dies zu erwähnen, da er ja nun begriff, daß es der Palast des Eises und der Finsternis sein mußte.

»Dort wohnen schreckliche Wesen«, sagte der König. »Ihr einziger Wunsch ist, das Schoß aus Schnee und Feuer zu zerstören, die Feuersäule zum Erlöschen zu bringen und uns gefangenzunehmen. Sie greifen uns immer wieder an. Sie bohren ihre grausamen Lanzen durch die Mauern. Bisher haben sie unserem Schloß nichts anhaben können, aber ich weiß nicht, ob es einem weiteren Angriff standhalten wird. Schau dir die Mauern an!«

Patrik betrachtete die Außenseite der Schneelaterne und sah, daß die Schneebälle von Kratzern und Löchern übersät waren.

»Wir versuchen, die Löcher mit Schnee abzudichten«, fuhr der König fort, »aber es ist schwer, ihn hart und haltbar zu machen. Das ganze Schloß ist schon überall geflickt. Ich habe Angst, daß es beim nächsten Angriff einstürzt. Wir haben unentwegt Angst. Aber heute abend haben wir ein Fest veranstaltet, um all das Schreckliche zu vergessen.«

»Ihr Armen«, sagte Patrik und schaute auf die kleine, im Licht funkelnde Welt in der Schneelaterne. »Natürlich werde ich versuchen, euch zu helfen.«

»Danke, lieber ...«, begann der König, aber unterbrach sich dann selbst mit einem Schrei.

Er deutete auf die Veranda. Dort, in dem dunklen Winkel neben der Treppe, passierte gerade etwas. Aus dem Palast des Eises und der Finsternis schlängelte etwas hervor, das aussah wie eine schwarze Schlange. Als sie näher kam, sah Patrik, daß es sich um eine lange Reihe schwarzgekleideter Männchen handelte. Sie waren genauso klein wie das Völkchen in der Schneelaterne, aber viel, viel zahlreicher. An der Spitze gingen zwei Trupps, die je einen Eiszapfen trugen.

»Bewahre uns. Sie kommen!« schrie der König.

Patrik ließ ihn vorsichtig in die Schneelaterne herunter und baute sich dann schützend davor auf.

Die kleinen schwarzen Wesen eilten über den Schnee. Sie waren so leicht, daß sie nicht einsanken, und obwohl sie so klein waren, waren sie sehr schnell. Einer von ihnen stieß einen Schlachtruf aus, und die lange Schlange wurde zu einem gesammelten Trupp, der unter wildem Gekreisch auf die Schneelaterne zurannte.

Einige Meter von Patriks Füßen entfernt hielten sie inne. Sie standen im Lichtschein der Schneelaterne, starrten auf seine braunen Lederstiefel und schienen verwirrt zu sein. Erst waren sie vollkommen still, dann begannen sie sich in einer quäkenden und Patrik unverständlichen Sprache zu unterhalten. Ihre runzligen Gesichter schauten aus schwarzen, anliegenden Hauben hervor.

»Wagt nicht, im Schloß aus Schnee und Feuer herumzustochern!« rief Patrik.

Die schwarzen Männchen wichen in die Dunkelheit zurück. Er hörte ihr Quäken und sah sie auf dem Schnee hin und her eilen. Die Eiszapfen glänzten schwach. Hatten sie nicht eben noch zwei Eiszapfen gehabt? Patrik konnte den zweiten Eiszapfen zwischen den Wichteln in der Dunkelheit nicht mehr erkennen. Er trat einen Schritt beiseite und schaute hinter die Schneelaterne.

Dort stand ein kleiner Trupp, bereit, das Schloß mit dem anderen Eiszapfen anzugreifen. Sie hatten sich in einem weiten Bogen um die Schneelaterne herumgeschlichen, ohne daß Patrik es bemerkt hatte. Jetzt zielten sie auf einen der untersten Schneebälle und rannten ihm kreischend entgegen, den Eiszapfen wie eine Lanze erhoben. Blitzschnell beugte sich Patrik vor, packte den Eiszapfen und riß ihn den Wichteln aus den Händen. Gleichzeitig spürte er, wie ihn etwas am Bein piekte.

Das war der andere Eiszapfen, mit dem ihn die kleinen Schwarzen zu verletzen suchten. Das tat weh, aber obwohl er angespitzt war, vermochte er Patriks gefütterten Overall nicht zu durchdringen. Es gelang ihm, auch diesen Eiszapfen zu packen.

Da spürte er plötzlich, daß etwas auf ihm herumkletterte. Einer der kleinen Schwarzen war an seinem Bein entlang auf dem Weg nach oben. Patrik versuchte ihn hinabzustoßen, aber er krallte sich fest. Um ihn herum waren weitere Wichtel herbeigeströmt. Der Schnee um die Schneelaterne herum war vollkommen schwarz vor lauter kleinen Männern.

Einige begannen, auch sein anderes Bein hochzuklettern. Der erste hing irgendwo in Höhe seines Bauchs im Stoff seines Overalls. Patrik konnte deutlich sein nach oben gewendetes Gesicht erkennen. Er hatte rote Augen und kleine spitze Zähne. Patrik schauderte es. Er hob die Eiszapfen hoch und zerbrach sie einen nach dem anderen. Die Stücke warf er in die Runde und rief: »Das mache ich mit euren Lanzen! Mit euch kann ich es genauso machen, wenn ihr nicht sofort verschwindet und das Schloß aus Schnee und Feuer in Frieden laßt!«

Dann faßte er den kleinen Mann um den Bauch, riß ihn von seinem Overall herunter und war froh, daß sein Fausthandschuh so dick war. Er setzte ihn in den Schnee und merkte, daß die Wichtel an seinem Bein freiwillig wieder hinunterkrabbelten.

»Verschwindet!« rief er und verursachte ein kleineres Erdbeben, indem er im Schnee fest auftrat.

Die kleinen Schwarzen flüchteten durch die Dunkelheit über den Schnee zu ihrem eigenen Palast vor der Veranda. Er hörte es quäken und plappern. Dann war der letzte im Palast verschwunden, und es wurde vollkommen still.

Aus der Schneelaterne stieg Jubel auf. Patrik schaute nach unten. Die kleinen weißgekleideten Männchen hatten sich an den Händen gefasst und tanzten singend um die Kerze herum. Der König stand auf seinem Thron und schaute durch eine Spalte zwischen den Schneebällen. Jetzt wandte er sich nach oben an Patrik.

»Sie sind geflohen! Nach dieser Sache werden sie es nie mehr wagen, zurückzukehren. Du hast das Schloß aus Schnee und Feuer gerettet! Jetzt wird es weitere tausend Jahre stehen.«

Patrik lächelte.

»Es ist vermutlich das beste, wenn ich jetzt reingehe, bevor Papa und Mama auffällt, daß ich nicht da bin«, sagte er.

»Vollkommen richtig. Auf Wiedersehen und danke. Vergiß nur nicht, das Dach wieder zurückzulegen«, rief der kleine König.

Patrik legte den Schneeball sorgfältig obendrauf und kehrte zum Haus zurück. An der Verandatreppe blieb er noch einmal stehen und lauschte. Aber im Palast des Eises und der Finsternis war es still. Er schlich ins Haus und ging zu Bett.

Als er am nächsten Morgen erwachte, hörte er, wie es draußen vom Dach tropfte. Die Sonne schien ins Zimmer. Er sah nach draußen und stellte fest, daß es taute. Patrik zog seine Kleider an und eilte in den Garten.

Die Schneelaterne war nur noch ein matschiger Haufen. In seiner Mitte lag ein abgebrannter Kerzenstummel. Der Palast des Eises und der Finsternis war ein kleiner Eisblock in einer großen Pfütze.

Patrik stapfte in dem Schneematsch herum und dachte nach. Er war sich sicher, daß der kleine König recht gehabt hatte. Das Schloß aus Schnee und Feuer würde noch tausend Jahre stehen, auch wenn es aus seinem Garten verschwunden war. Vielleicht war es nur ein seltsamer Zufall gewesen, daß es sich gerade in dieser Nacht in diesem Garten befunden hatte. Der Palast des Eises und der Finsternis würde vermutlich auch noch tausend Jahre stehen.

Patrik hatte das Gefühl, daß beide Schlösser gerade jetzt irgendwo waren. Aber es würde vermutlich lange dauern, bis die kleinen Schwarzen es wagten, das Schloß aus Schnee und Feuer wieder anzugreifen.

Eine weitere Schneelaterne konnte Patrik in diesem Jahr nicht mehr bauen. Denn jetzt kam der Frühling. Und wo das Schloß aus Schnee und Feuer gestanden hatte, sproß hellgrünes Gras, und wo der Palast des Eises und der Finsternis gewesen war, leuchtete gelber Krokus.

Quellennachweise

Der Museumsbesuch (Museibesöket)
Aus dem Schwedischen von Hedwig M. Binder. Aus: Unter Mördern und Elchen, München 2003. © der deutschen Übersetzung Hedwig M. Binder.
Zuerst erschienen in: Det finns ett hål i verkligheten, Albert Bonniers Förlag, Sweden. © 1986 Marie Hermanson.

Die Tochter des Zauberers (Trollkarlens dotter)
Aus dem Schwedischen von Christel Hildebrandt. Aus: Frauenwelten. Ein Lesebuch. Hg. von Susanne Gretter, Frankfurt am Main 2007. © der deutschen Übersetzung Christel Hildebrandt.
Zuerst erschienen in: Det finns ett hål i verkligheten. Albert Bonniers Förlag, Sweden. © 1986 Marie Hermanson.

Das englische Puppenhaus (Det engelska dockskåpet)
Aus dem Schwedischen von Regine Elsässer. Aus: Die Geschichtenerzähler. Neues und Unbekanntes von Allende bis Zafón, Frankfurt am Main 2008. © Suhrkamp Verlag.
Zuerst erschienen in: Spegeln och andra nyskrivna noveller av svenskspråkiga kvinnliga författare, Sveriges Radios Förlag, Sweden. © 1997 Marie Hermanson.

Honigmond (Honungsmåne)
Aus dem Schwedischen von Annika Krummacher. Aus: Mittsommer bei den Elchen. Die schönsten Sommergeschichten aus Skandinavien. © Piper Verlag, München 2009.
Zuerst erschienen in: Novella 82. Nya svenska berättare, Bokförlaget Prisma, Sweden. © 1983 Marie Hermanson.

Das nackte Mädchen (Den nakna flickan)
Aus dem Schwedischen von Hedwig M. Binder. Aus: Mittsommernachtsliebe. Die schönsten erotischen Geschichten aus Skandinavien, München 2006. © der deutschen Übersetzung Hedwig M. Binder.
Zuerst erschienen in: Vår Bostad, Sweden. © 1993 Marie Hermanson.

Inhalt